A GAROTA DE CASSIDY

Livros do Autor na Coleção **L&PM** Pocket

Atire no pianista
A garota de Cassidy
Lua na sarjeta
Sexta-feira negra

David Goodis

A GAROTA DE CASSIDY

Tradução de Jimi Joe

www.lpm.com.br

L&PM POCKET

Coleção **L&PM** Pocket, vol. 434

Título do original: *Cassidy's Girl*

Tradução: Jimi Joe
Revisão: Renato Deitos e Daise Mietlicki
Capa: Ivan Pinheiro Machado

ISBN: 85.254.1444-1

G652g Goodis, David, 1917-1967.
  A garota de Cassidy/ David Goodis; tradução
de Jimi Joe. -- Porto Alegre: L&PM, 2006.
  224 p. ; 18 cm. -- (Coleção L&PM Pocket)

  1.Literatura norte-americana-Romances policiais.
  I.Título. II.Série.

  CDD 813.72
  CDU 821.111(732)-312.4

Catalogação elaborada por Izabel A. Merlo, CRB 10/329.

© da tradução, L&PM Editores, 1988, 2005

Todos os direitos desta edição reservados à L&PM Editores
Porto Alegre: Rua Comendador Coruja 314, loja 9 - 90220-180
  Floresta - RS / Fone: 51.3225.5777
Pedidos & Depto. comercial: vendas@lpm.com.br
Fale conosco: info@lpm.com.br
www.lpm.com.br

Impresso no Brasil
Verão de 2006

Capítulo 1

Chovia forte em Filadélfia enquanto Cassidy dirigia o ônibus em meio ao tráfego engarrafado da Market Street. Ele odiava as ruas nessas noites movimentadas de sábado, especialmente em abril, quando a chuva caía forte e os guardas de trânsito estavam irritados e descarregavam nos motoristas de táxis e ônibus. Cassidy simpatizava com os guardas de trânsito e quando eles olhavam e gritavam ele apenas dava de ombros e gesticulava desamparadamente. Se tinham uma esquina movimentada para cuidar, ele tinha um ônibus pesado para guiar. Era, na verdade, um ônibus miserável, velho e podre, e a caixa de câmbio estava constantemente rangendo.

O ônibus era um dos três adquiridos por uma pequena companhia instalada na rua Arch. Os três ônibus todo dia seguiam rumo norte, para Easton, daí voltavam para Filadélfia. Ida ou vinda entre Easton e Filadélfia era uma tarefa monótona, mas Cassidy precisava terrivelmente do emprego, um homem com seu passado sempre tinha dificuldade de conseguir trabalho.

Pagamento à parte, era emocionalmente importante para Cassidy fazer esse tipo de trabalho. Manter os olhos na estrada e a cabeça no volante era uma cerca de proteção mantendo-o longe de catástrofes internas e externas.

O ônibus fez um retorno na rua do Mercado, seguiu através da chuva cortante para a Arch e entrou na garagem. Cassidy saltou, abriu a porta, ficou ali para ajudar os passageiros a descerem do ônibus. Ele tinha o hábito de estudar seus rostos enquanto desciam, imaginando quais seriam seus pensamentos e de que seriam feitas suas vidas. As velhas mulheres e as garotas, os homens robustos de sobrancelhas arqueadas, com as papadas balançando, e os jovens que olhavam estupidamente para frente como se não vissem nada. Cassidy olhava seus rostos e imaginava que podia enxergar a raiz dos seus problemas. O fato é que eles eram pessoas comuns e não sabiam o que era um verdadeiro problema. Ele poderia lhes contar. Ele, desgraçadamente, poderia lhes contar.

O último dos passageiros saltou do ônibus e Cassidy andou pela estreita e úmida sala de espera, fumando um cigarro enquanto entregava sua ficha de viagem ao supervisor. Saiu da garagem e tomou um lotação que descia a rua Arch, indo para leste na direção do rio, o grande, escuro e rabugento Delaware. Ele morava perto do Delaware, num apartamento de três peças com vista para a rua das Docas, para o cais e para o rio.

O lotação largou Cassidy e ele correu para a banca de revistas da esquina e comprou um jornal. Segurou o jornal aberto sobre a cabeça enquanto corria para casa em meio à chuva. O letreiro de neon de uma pequena loja atingiu seu olho e por um momento ele considerou a idéia de tomar um trago. Mas deixou correr, pois naquele instante ele precisava era de comida. Eram nove e meia e ele não tinha comido nada desde o meio-dia. Poderia ter almoçado em Easton, mas algum gênio da empresa fizera uma mudança repentina de escala e não havia nenhum outro motorista disponível na hora. Coisas assim estavam sempre acontecendo com ele. Era um dos aspectos muito agradáveis de dirigir um ônibus de uma companhia pequena.

A chuva estava caindo ainda mais forte e ele teve de correr mais. Deixou o jornal voar na chuva e apertou o passo nos últimos metros, saltando na soleira do prédio. Estava ofegante e praticamente encharcado. Mas agora se sentia ótimo por estar protegido e subindo as escadas para casa.

Caminhou pelo corredor, abriu a porta do apartamento e entrou. Então ficou estático, contemplando aquilo. Daí piscou algumas vezes. Depois continuou contemplando.

O lugar estava um completo naufrágio. A sala parecia ter sido sacudida e virada de cabeça para baixo várias vezes. A maioria da mobília estava virada e o sofá tinha sido jogado em uma parede com força bastante para derrubar um monte de reboco e fazer um belo buraco. Uma mesinha estava de cabeça para baixo. Duas cadeiras tinham as pernas quebradas. Garrafas de uísque, algumas delas quebradas, a maioria vazia, estavam espalhadas por toda a sala. Ele deu uma longa olhada naquilo. Então arregalou os olhos. Havia sangue no chão.

O sangue formava pequenas poças, esparsos riscos de vermelho aqui e ali. Tinha secado, mas estava brilhante e o reflexo dele lançou uma seta torturante através do cérebro de Cassidy. Disse a si próprio que era o sangue de Mildred. Algo tinha acontecido a Mildred!

Ele a tinha prevenido incontáveis vezes contra a detonação dessas festas de bebedeiras enquanto ele estava fora trabalhando no ônibus. Tinham brigado por causa disso. Discutiram e algumas vezes brigaram fisicamente, mas ele sempre teve a sensação de que não poderia vencer. No fundo de sua mente havia a consciência de que ele estava conseguindo exatamente aquilo que não queria. Mildred era um animal selvagem, uma carga viva de dinamite que explodia periodicamente e levava Cassidy a explodir, e esses cômodos eram mais um campo de batalha do que um lar. Porém, enquanto olhava o sangue no chão, teve um esmagador e arrepiante medo de ter perdido Mildred. Esse pensamento somou-se a uma espécie de paralisia. Tudo que ele podia fazer era ficar ali em pé e ver o sangue.

Houve um ruído atrás dele. A porta tinha sido aberta. Ele virou-se lentamente, sabendo de algum modo que era Mildred, mesmo antes que a visse. Ela estava fechando a porta e sorrindo para ele, os olhos o investigando, passando por ele, a mão indicando num gesto a balbúrdia da sala. O gesto era apenas parcialmente bêbado. Ele sabia que ela estava encharcada, mas era muito forte para bebida e sempre estava plenamente consciente do que fazia. Agora ela o desafiava. Era sua maneira de dizer que tinha detonado uma festa e que os convidados tinham demolido o lugar. E daí, ele queria fazer alguma coisa a respeito?

Ele respondeu silenciosamente a muda pergunta de Mildred. Sacudiu a cabeça muito lentamente. Deu um passo até ela, que não se mexeu. Deu outro passo, esperando por um movimento dela. Ergueu o braço direito e ela continuou imóvel, sorrindo para ele. Seu braço cortou o ar e a palma aberta atingiu-a dura e ruidosamente na boca.

Mildred se desfez do sorriso por apenas um instante. Então sorriu novamente, os lábios e os olhos alvejando não Cassidy, mas o outro lado da sala. Ela andou lentamente naquela direção. Apanhou uma garrafa de uísque vazia e jogou-a na cabeça de Cassidy.

A garrafa raspou o lado de sua cabeça e ele ouviu o espatifar contra a parede. Ele deu uma investida, mas ela tinha apanhado outra garrafa e a girava em pequenos círculos. Cassidy ergueu os braços para se proteger enquanto avançava. Tropeçou numa cadeira caída e foi ao chão. Mildred avançou e ele esperou pela garrafa desabando em sua cabeça. Era uma excelente oportunidade para Mildred e ela nunca deixava de aproveitar uma oportunidade.

Mas agora, por alguma razão especial, acrescentada como num quebra-cabeça, ela decidiu afastar-se de Cassidy e caminhar lentamente para o quarto. Enquanto fechava a porta, Cassidy levantou-se, esfregou o lado da cabeça onde a outra garrafa deixara um galo e remexeu os bolsos à procura de um cigarro.

Não achou. Girou desnorteado pela sala, descobriu uma garrafa que ainda tinha um par de doses, levou-a aos lábios e tomou-as. Então olhou fixo para a porta do quarto.

Uma sensação de vago desassossego enraizou-se nele, cresceu, exasperou-se e tornou-se aguda. Ele sabia que estava desapontado porque a batalha não tinha continuado. Claro, disse a si mesmo, aquilo não fazia sentido. Mas então havia poucos elementos em sua vida com Mildred que faziam sentido. Ultimamente, ele recordou, não havia absolutamente nada que fizesse sentido. Nesse tempo todo tinha ficado cada vez pior.

Cassidy deu de ombros. Não foi nem isso. Era mais um suspiro. Foi até a pequena cozinha e viu mais balbúrdia. O balcão estava para despencar sob o peso dos copos vazios e pratos sujos. A mesa era uma confusão e o chão estava pior. Abriu a geladeira e viu os tristes restos do que esperava ser sua refeição dessa noite. Ao bater a porta da geladeira, pôde sentir o desassossego e o desapontamento partindo e a raiva voltando. Alguns cigarros avulsos estavam sobre a mesa. Acendeu um e deu várias tragadas rápidas enquanto deixava sua raiva atingir o máximo. Quando chegou a esse ponto, ele irrompeu no quarto.

Mildred estava em frente ao roupeiro, encostada ao espelho e passando batom na boca. Tinha as costas voltadas para Cassidy, e quando o viu no espelho, escorregou junto ao roupeiro, arqueando as costas e empinando a bunda imensa.

– Vire-se – disse Cassidy.

Ela arqueou as costas um pouco mais.

– Se eu fizer isso, você não vai vê-la.

– Não estou olhando para ela.

– Você está sempre olhando para ela.

– Não posso fazer nada – disse Cassidy. – É tão grande que não consigo ver mais nada.

– Claro que é grande. – Sua voz estava pastosa e lânguida quando continuou a pintar os lábios. – Se não fosse, não lhe interessaria.

– Pois eis algumas novidades para você – Cassidy disse. – Não estou interessado.

– Você é um mentiroso. – Ela se virou vagarosamente e seu corpo fez uma longa e lenta curva, de maneira que a visão dela quando o encarou era ampla e suculenta, ricamente doce e deliciosamente amarga. Enquanto eles ficaram imóveis olhando um para o outro, o quarto estava muito calmo para Cassidy, seu cérebro estava muito calmo, contendo apenas a consciência da presença de Mildred, suas cores, suas linhas. A garganta dele bloqueou como se algo pesado tivesse trancado ali e tentasse impedi-lo de respirar. Maldita seja, ele dizia a si próprio, maldita seja, e tentou desviar os olhos, mas eles permaneceram lá.

Estava olhando o cabelo negro como a noite de Mildred, a desordenada massa brilhante de cabelo espesso. Estava vendo os olhos de um tom claro, cruéis, muito cruéis. E a arrogante curva inclinada de seu formoso nariz. Estava tentando com todas as suas forças odiar a visão dos seus lábios tentadores e o espetáculo enlouquecedor de seus imensos seios, a maneira como eles se projetavam, apontados para ele como armas. Ele ficou olhando aquela mulher com quem estava casado há quase quatro anos, com quem dormia na mesma cama toda noite, mas o que ele via não era uma companheira. Via uma desagradável, inequívoca e insuportável obsessão.

Ao ver isso, ao saber por que era assim, foi capaz de entender que era apenas uma obsessão e nada mais. Disse a si mesmo que não adiantava tentar torná-la nada mais além do que era. Ansiava pelo corpo de Mildred, não podia agüentar sem ele, e esta era a primeira e única razão pela qual ele continuava vivendo com ela.

Tinha certeza disso e, do mesmo modo, sabia que Mildred tinha um sentimento idêntico em relação a ele. Ele sempre fora atraente para um certo tipo de mulher, o tipo hedonista, e era por seu corpo ser forte, denso, compacto e bastante duro. Aos trinta e seis ele tinha uma rudeza sólida numa estrutura robusta, os ombros largos e musculosos, o estômago liso e firme, as pernas bem grossas e rígidas. Sabia que Mildred gostava muito do seu visual, do selvagem cabelo loiro-pálido encaracolado, dos olhos cinza-escuros, do nariz que tinha sido quebrado duas vezes mas ainda era um bom, sólido e vigoroso nariz. Sua pele era vermelha, rija e áspera, e isso era outra coisa de que Mildred gostava. Sacudiu a cabeça, dizendo a si mesmo que, apesar de todas essas coisas, ela no fundo o odiava.

Ele era quatro anos mais velho que Mildred, embora de vez em quando tivesse a impressão de ser muito mais jovem que ela, de ser um garoto trouxa, cego e desatinado que fora seduzido por uma poderosa e experiente fêmea. Às vezes funcionava de outra maneira.

Via-se como um velho e maltratado farrapo, atraído pelo luxuriante abrigo dos doces lábios e seios, revitalizado pelo ritmo primaveril de seus rebolantes quadris.

Ela os rebolava agora, enquanto se virava para o roupeiro. Pegou o batom e voltou a pintar a boca. Cassidy sentou na beira da cama. Deu uma tragada final no cigarro, deixou-o cair no chão e o esmagou. Então tirou os sapatos, caiu na cama com as mãos cruzadas sob a cabeça e esperou Mildred vir para a cama.

Esperou alguns minutos, inconsciente da espera porque estava antegozando os momentos deles juntos na cama. Tinha os olhos fechados e podia ouvir a chuva batendo na parede lá fora. Havia algo muito especial em transar quando estava chovendo. O som da chuva sempre tinha um certo efeito selvagem em Mildred. Algumas vezes, quando chovia muito forte, ela despertava o demônio nele. No verão, durante tempestades de raios, parecia que ela arrebatava o céu e usava um pouco daquela luz. Começou a pensar nisso. Disse a si mesmo para não perder tempo pensando naquilo e subitamente estava impaciente para ter Mildred com ele.

Cassidy abriu os olhos e a viu ao lado do roupeiro. Estava arrumando o cabelo. Ele sentou e viu-a sacudir a cabeça em aprovação a seu próprio rosto no espelho. Depois foi para a porta.

Cassidy jogou as pernas no lado da cama. Tentou afastar o choque e o tom alarmante da voz enquanto dizia:

– Onde pensa que está indo?

– Para a noite.

Ele se moveu rapidamente, numa espécie de frenesi. Segurou firme os pulsos dela.

– Você fica aqui.

Mildred sorriu. O sorriso era amplo, os dentes à mostra.

– Parece que você precisa muito.

Seu aperto era metal quente em torno dos pulsos dela. Ele disse a si mesmo para relaxar. Ela só estava implicando com ele. Talvez fosse uma nova técnica para deixá-lo zangado. Ela sempre parecia apreciá-lo mais quando ele estava zangado. Decidiu que não lhe daria a satisfação de vê-lo atingir o ponto de ebulição. Suas mãos soltaram os pulsos dela, ele esboçou um sorriso nojento e disse:

– Você está errada quanto às minhas necessidades. Tudo que eu preciso é de comida. Não fiz nenhuma refeição desde o meio-dia. Vá para a cozinha e me faça uma.

– Você não é nenhum aleijado. Faça você mesmo.
– Ela se voltou novamente para a porta.

Cassidy agarrou seus ombros e girou-a. Não poderia esconder a raiva e ela serpenteava em seus olhos, misturando-se com desânimo enquanto ele dizia:

– Eu pago o aluguel aqui e compro a comida. Quando volto para casa à noite, tenho direito a uma refeição decente.

Mildred não respondeu. Recuou e retirou as mãos dele de seus ombros. Então rodopiou rápido e saiu do quarto. Cassidy seguiu-a pela sala revirada, apressou-se em ultrapassá-la e bloqueou a porta.

– Nada feito – rosnou. – Eu disse que você fica aqui.

Estava se preparando para uma outra batalha. Queria que ela começasse ali e já, para seguir seu curso através da sala e então no quarto, acabando sobre a cama ao som da chuva lá fora. Como suas batalhas sempre acabavam, chovesse ou não. Mas essa noite chovia forte e seria uma daquelas especiais.

Mildred não se mexeu. Não disse nada. Apenas olhou para ele. Ele tinha certeza que algum novo e perturbador desenvolvimento tinha ocorrido e novamente teve um sentimento vazio de desassossego.

Seus olhos estavam fixos no chão. Ele viu o sangue, abanou a mão indicando-o e disse:

– De quem é isso?

Ela deu de ombros. – Do nariz de alguém. Ou da boca. Não sei. Meus amigos tiveram uma discussão.

– Eu lhe disse pra manter seus amigos fora daqui.

Mildred descansou seu peso numa perna. Pôs as mãos nos quadris.

– Esta noite – disse ela – nós não vamos brigar por isso.

Seu tom era estranhamente desapaixonado e Cassidy disse lentamente:

– O que é isso? Qual é o problema?

Ela recuou. Não era uma retirada. Era apenas para dar uma boa olhada nele.

– Você, Cassidy. Você é o problema. Estou cheia de você – disse ela.

Ele piscou algumas vezes. Tentou pensar em algo para dizer mas não conseguia nada. Finalmente murmurou:

– Vá em frente. Diga.

– Não tem ouvidos? Estou dizendo. Apenas estou cheia de você, isso é tudo.

– Por quê?

Ela sorriu para ele. Era um sorriso quase piedoso.

– Você é quem sabe.

– Agora ouça – disse ele. – Não gosto desses quebra-cabeças. É algo que você nunca tentou antes e não vou deixá-la começar agora. Se tem algum grilo, quero saber o que é.

Ela não respondeu. Nem mesmo um olhar. Seus olhos pousaram na parede atrás dele, como se estivesse sozinha na sala. Ele queria dizer alguma coisa para restabelecer contato verbal, mas algo bloqueava seu cérebro.

Não sabia o que era e não tinha nenhum desejo de saber. O único desejo era uma necessidade pulsante que o fulminava, vinda da tempestade lá fora, e a exuberante e saborosa figura feminina que estava ali na sala com ele.

Deu um passo na direção dela. Ela olhou-o e sabia quais eram seus planos. Sacudiu a cabeça e disse:

– Não esta noite. Não estou a fim.

Soou estranho. Ela nunca usara aquela frase antes. Ele imaginou se ela realmente queria dizer aquilo. A sala tinha uma frieza calma quando ele parou diante dela e entendeu que queria dizer aquilo mesmo.

Avançou mais um passo. Ela não arredou pé e ele pensou que estava esperando que lhe pusesse as mãos para que então ela começasse a brigar. Devia ser isso. Aquilo desencadearia a chama. Eles teriam um inferno de batalha e haveria ação escaldante na cama. Então seria como se ela não pudesse conseguir o bastante dele e ele não seria capaz de cair fora. Tudo ficaria bem. Assim era legal.

O som do temporal ecoou em sua cabeça e ele tateou e agarrou seu pulso. Puxou-a para perto e naquele instante sentiu todo o impacto do espanto e do desânimo. Não houve nenhuma luta. Não houve resistência. O rosto dela estava inexpressivo e o fitava como se ele não possuísse identidade.

Bem no fundo dele uma voz de alarme lhe disse para deixá-la ir, deixá-la só. Quando uma mulher não estava a fim, ela simplesmente não estava a fim. E quando estava desse jeito, não havia nada pior que forçar a transa.

Mas, agora que sua mão estava apertando a carne dela, ele não podia parar. Esqueceu que ela não estava querendo uma briga, que seu corpo estava mole e passivo quando ele a levou para o quarto. Tinha consciência apenas dos peitos salientes, da luxúria arredondada dos quadris e coxas, da presença que emitia alta voltagem através de cada nervo e fibra do seu ser. Ele queria isso, ia tê-lo e não havia mais discussão.

Ele a empurrou para a cama e ela caiu sobre o leito como algo inanimado. O rosto permanecia inexpressivo quando olhou para ele. Era como se estivesse milhas e milhas distante do que ele estava fazendo. Começou a sentir um fútil e doentio frenesi em seus esforços para excitá-la. Ela simplesmente permaneceu deitada de costas como uma grande boneca de trapo, deixando-o fazer o que lhe agradasse. Ele tentou ficar enfurecido e chegou a erguer a mão para bater nela, para obter alguma espécie de resposta, mas percebeu que isso não faria bem nenhum. Ela nem sequer sentiria.

E no entanto, apesar da notória indiferença dela ser quase uma agonia física, o fogo ardente dentro dele tinha um poder maior e a única coisa que poderia fazer era render-se a isso. Quando ele possuiu sua mulher, o fogo era unicamente o seu e havia o sórdido e sombrio sentimento, e finalmente a explícita e horrível sensação de estar sozinho na cama.

Então, alguns momentos depois, ele estava realmente sozinho na cama e ouviu Mildred andar pela sala. Pulou da cama, pôs rapidamente as roupas e foi até lá. Mildred estava acendendo um cigarro. Tragou lentamente, tirou-o da boca e olhou pensativa o tabaco incandescente. Cassidy esperou que ela dissesse algo.

Ela não tinha nada a dizer. Ele descobriu que lhe era impossível interpretar a atitude dela. O silêncio o estava aborrecendo, ficava gradualmente pior e finalmente ele teve a impressão de que o chão lhe fugia sob os pés. Vasculhou o cérebro, tentando lembrar se alguma coisa assim já acontecera antes entre eles. Tudo já tinha acontecido, mas nunca nada como isso.

Logo depois ela olhou para ele e disse de uma maneira direta:

– Hoje é meu aniversário. Por isso dei uma festa.
– Oh. – O rosto de Cassidy empalideceu por um longo momento. Depois tentou sorrir. – Sabia que você estava magoada com alguma coisa. Acho que eu devia ter lembrado.

Ele tateou no bolso da calça e puxou uma nota de dez dólares. Abriu um sorriso largo enquanto lhe estendia o dinheiro e disse:

– Compre alguma coisa.

Ela contemplou a nota de dez dólares na palma da mão e disse:

– O que é isso?
– É um presente de aniversário.
– Tem certeza disso? – Sua voz estava baixa e calma. – Talvez você esteja apenas me pagando um michê pelo que aconteceu no quarto. Nesse caso, não gostaria que se enganasse. Não valeu nem um centavo furado.

Ela amassou a nota e jogou-a no rosto de Cassidy. Então abriu a porta e, enquanto Cassidy ficou parado ali piscando, ela se foi.

Capítulo 2

Na cozinha, Cassidy tentou limpar a bagunça de garrafas, pratos e restos de comida. Logo desistiu, percebeu que estava faminto e que talvez houvesse o suficiente na geladeira para segurar um estômago vazio. Aqueceu algumas batatas, passou manteiga num pãozinho, mas quando pôs a comida na mesa nem podia olhar para ela.

Talvez café ajudasse. Acendeu o gás sob a cafeteira, sentou-se à mesa e fixou o olhar no assoalho. Virou a cabeça devagar e olhou pela janela da cozinha. A chuva estava amainando e ele podia ouvir sua batida fraca nas paredes e telhados. Se chovesse um mês inteiro, não daria nem para começar a limpar esses prédios miseráveis, ele pensou. As ruas de calçamento esburacado como um rosto bexiguento. E as pessoas. Os vagabundos do cais. As ruínas humanas. Um espécime perfeito estava bem aqui nessa cozinha.

O café ferveu. Ele encheu um copo e deixou o líquido quente e negro, sem açúcar, escorrer garganta abaixo. Um sabor terrível. Bem, não era culpa do café. Do jeito que ele estava, qualquer coisa teria um gosto horrível. Mesmo champanha seria como água com sabão. Mas o que o fizera pensar em champanha? Alguma coisa o levou de volta pelos canais do passado, a uma época em que ele gostava de champanha, quando tinha dinheiro para comprá-lo. Tentou expulsar o pensamento da mente.

Mas a memória estava ganhando terreno, tomando conta dele. Viu a fumaça subindo do café e na fumaça tudo aquilo estava acontecendo novamente, como se projetado por uma lanterna invisível. Cassidy estava voltando mais e mais, para muito longe, para uma pequena cidade no Oregon, para a pequena casa com o pequeno relvado e para a pequena bicicleta. Ele voltou aos maravilhosos e excitantes dias de escola, às ruidosas paradas e ao James Cassidy que entrava direto como jogador de defesa para cobrir a raia. Depois, James Cassidy na Universidade do Oregon. Na formatura, o diploma tinha muitas coisas boas para dizer: "Brilhante atuação nas salas de aula e no estádio. Graduado em Engenharia Mecânica, James Cassidy é o terceiro melhor aluno na classe. Na sua temporada final nos onze do Webfoot, foi selecionado como jogador de defesa da Associação da Costa do Pacífico".

Um James Cassidy consistente e distinto. Um crédito à velha cidade natal. E eles disseram isso novamente em 1943, quando ele voltou para casa após sua décima-quinta missão. Depois ele voltou para a Inglaterra e pilotou o B-24 em outras trinta missões. Quando a guerra acabou, já tinha decidido seu futuro e a companhia aérea em Nova York queria muito colocá-lo na folha de pagamentos.

Um emprego de quatro motores. Oitenta passageiros. A vasta extensão verde do aeroporto de La Guardia. A regular e precisa escala de operações. Vôo 634 chegando, no horário. Aqui fala o capitão J. Cassidy. Eis seu cheque de pagamento. Um ano naquilo, dois anos, três anos, e então o puseram na rota transatlântica. Quinze mil por ano. Em Nova York tinha um apartamento na East Seventies, usava ternos de 125 dólares quando não estava no céu, era convidado para as melhores festas e várias das mais elegantes pós-debutantes desejavam que ele as notasse.

Quando aconteceu, as autoridades disseram que era indesculpável. Os jornais a definiram como uma das piores tragédias na história da aviação. O grande avião estava decolando, subindo no ar no final do campo, quando subitamente embicou para cair nos pântanos e explodir instantaneamente. Dos setenta e oito passageiros e tripulantes, houve apenas onze sobreviventes. E o único membro sobrevivente da tripulação foi o piloto, capitão J. Cassidy.

Na audiência, apenas o observaram e ele sabia que não acreditariam nele. Nada que ele pudesse dizer faria com que acreditassem. Mas era verdade. Era terrivelmente verdade que o co-piloto tinha sofrido um repentino colapso emocional, do tipo que vem sem nenhum aviso, a mortal fusão de elementos negativos que levam um homem a se fragmentar, como a terra quando atingida por um tremor. O co-piloto tinha atacado Cassidy, arrancou-o dos controles, assumiu-os ele mesmo e pôs o avião a pique quando estava a menos de cem pés de altura.

As autoridades sentaram lá e escutaram, e então, sem dizer uma palavra, estavam chamando Cassidy de mentiroso. Os jornais disseram que ele era pior que um mentiroso. Disseram que estava tentando jogar a culpa sobre um inocente morto. A família do morto insistiu que não havia o menor traço de instabilidade emocional e, certamente, nenhuma razão para um colapso repentino, e exigiu que Cassidy fosse punido. Um grande número de pessoas exigiu que Cassidy fosse punido, especialmente quando alguém soltou a informação de que ele participara de uma festa regada a champanha na noite anterior ao acidente.

Foi dessa maneira que eles explicaram aquilo.

Trouxeram especialistas para acrescentar detalhes sobre o efeito psicológico do champanha: insistiram no fato de que champanha é enganoso em seus pós-efeitos; que um homem pode beber um copo de água na manhã seguinte e ficar bêbado novamente. Puseram as coisas dessa maneira. Disseram a Cassidy que ele estava acabado.

Ele não podia acreditar naquilo. Tentou lutar, mas eles não o ouviriam. Nem mesmo olhariam para ele. Já era bastante ruim em Nova York, mas quando aconteceu na cidadezinha do Oregon ele começou a se dar conta do impacto total de uma tragédia pessoal. Uma semana depois de deixar o Oregon, começou a beber.

Houve vezes em que lutou com todas as forças para parar de beber, numa dessas ocasiões conseguiu e foi procurar trabalho. Mas seu nome e seu rosto apareceram em jornais de todo o país e lhe disseram para cair fora e cair fora rápido. Uma vez tentaram botá-lo para fora à força, acabou em pancadaria e ele passou uma semana na cadeia.

O processo de decadência foi íngreme e rápido. Durante um caótico período de bebedeira, decidiu mandar todos ao inferno, partiu para Nevada e começou a jogar. Poupara um pouco mais de dez mil dólares nos seus anos de companhia aérea e, em Nevada, na mesa de dados, levou exatamente quatro dias para perder cada centavo. Quando deixou Nevada, seu meio de transporte foi um trem de carga.

De Nevada para o Texas, encontrou trabalho no cais de Galveston. Mas alguém o reconheceu, houve outra briga e ele saiu dessa com o nariz quebrado. Em Nova Orleans cumpriu dez dias por vagabundagem, em Mobile colocou três homens e ele mesmo no hospital e então pegou sessenta dias por agressão e espancamento. Em Atlanta foi vagabundagem novamente e foi trancado com a turma da pesada por doze dias. Respondeu a um guarda e teve o nariz quebrado pela segunda vez e também três dentes. Na Carolina do Norte, pegou um cargueiro que o levou à Filadélfia e passou algumas semanas nas zonas de prostituição ao redor de Eighth e Race, e então tentou um emprego no cais. Encontrou trabalho de meio turno como estivador, alugou um quartinho próximo às docas e implorou a si próprio para ficar por ali, continuar trabalhando e parar de beber.

Mas ele odiava o trabalho, odiava o quarto, estava se odiando por ter chegado àquele ponto e decidiu que precisava de bebida. Na terceira semana no emprego dirigiu-se a um bar no cais chamado Lundy's Place, um estabelecimento de assoalho sujo, paredes rachadas e seres humanos desnorteados. Pediu uma dose de malte. Pediu outra dose. Estava na terceira quando viu o brilhante vestido roxo, o jeito como ele se salientava, a maneira como ela estava sentada ali, olhando para ele.

Foi até a mesa. Ela estava sentada lá sozinha. Ele perguntou o que ela estava olhando. Mildred disse que ele seria bem mais bonito se tivesse um pouco mais de dentes na boca. Ele lhe contou como perdera os dentes. Oito ou nove doses depois estava lhe contando tudo. Quando acabou, olhou para ela e esperou pela reação.

Sua reação foi dar de ombros. Algumas noites depois, quando ele a convidou a ir ao seu quarto, ela deu de ombros novamente, levantou-se e eles saíram juntos.

No dia seguinte, Cassidy foi ao dentista e encomendou uma ponte de três dentes. Em um mês os dentes preenchiam lindamente sua boca e ele estava casado com Mildred. Sua lua-de-mel foi um passeio de barco de cinco centavos pelo rio Delaware até Camden. Poucos dias depois, Mildred lhe disse para sair e procurar um emprego de tempo integral. Disse que ele teria condições de encontrar trabalho numa das pequenas empresas de ônibus na rua Arch. Cassidy subiu a rua Arch, entrou na garagem e notou que era o tipo do negócio com problemas para se manter. Notou que eles não iam fazer um monte de perguntas sobre sua vida. As que fizeram, foram facilmente respondidas. Deu-lhes o nome certo, o endereço correto e quando lhe perguntaram sobre experiência anterior, não houve necessidade de mentir. No colégio, tinha trabalhado em meio turno como motorista de ônibus escolar.

Disseram que estava tudo bem, naquela tarde lhe deram um boné e ele levou dezoito passageiros para Easton. Voltou de noite para contar a Mildred de sua boa sorte, mas em vez de ir direto para o apartamento, decidiu parar no Lundy's Place para uma dose. Aproximando-se do Lundy's, viu Mildred e outras mulheres e homens saírem cambaleando, todos bêbados como gambás. Naquele momento ele riu interiormente, sabendo que era um caso de, que diabo, não importava, ele não poderia esperar nada melhor. O importante era que ele tinha o ônibus. Não era tão grande quando um avião de quatro motores, mas era uma máquina que se movia, e tinha rodas. E ele estava nos controles. Isso era o que importava. Era disso que ele precisava. Mais do que qualquer coisa.

Ele sabia que tinha perdido toda sua habilidade para controlar Cassidy, e certamente nunca seria capaz de controlar Mildred, mas havia uma coisa ainda neste mundo que ele podia e iria controlar, a única coisa que era real, que tinha significado, estabilidade e propósito. A coisa que lhe permitia segurar uma direção, mudar as marchas e chegar tão perto como ele nunca tinha chegado dos dias obscuramente lembrados de pilotagem de um avião no céu. Era apenas um ônibus velho, batido, quebrado, mas era um ônibus danado de bom. Era um ônibus maravilhoso. Porque faria o que ele quisesse. Porque mais uma vez J. Cassidy estava no assento do motorista.

Ele tinha se sentido bem naquela noite e agora, enquanto olhava o negro e fumegante café, tentava capturar algo daquele mesmo sentimento. Ele ainda tinha o ônibus. Ainda estava no banco do condutor. Ainda estava encarregado dos passageiros. No Lundy's ele era apenas outro vagabundo e nessas peças era meramente outra criatura do cais, mas no ônibus, maldito seja, ele era o motorista, era o capitão. Dependiam dele para levá-los a Easton. E em Easton dependiam dele para trazer o ônibus em segurança para Filadélfia. Precisavam dele atrás do volante.

Tomaria um trago por aquilo. Correu até a sala, encontrou outra garrafa com um pouco de uísque e tomou um gole generoso. Abriu o peito e tomou outro gole. Um brinde ao capitão do navio, ao piloto do avião, ao motorista do ônibus. Agora, então, um brinde ao capitão J. Cassidy. E um brinde às quatro rodas do ônibus. Ou, melhor ainda, um gole para cada roda. Todo mundo bebe. Vamos, todos. Bebam! Bebam!

Cassidy jogou a garrafa vazia na parede. Ela se estilhaçou e ele viu o vidro pulverizado voando. Riu selvagemente e cambaleou para fora do apartamento. Tinha parado de chover, mas as ruas ainda estavam molhadas e ele arreganhou os dentes para o pavimento reluzente enquanto cambaleava junto ao cais em direção ao Lundy's Place.

Capítulo 3

Ele se dirigiu ao Lundy's com a mente enevoada e amolecida, os vapores do uísque rodopiando em sua cabeça e embaçando seus olhos. Não havia nenhum pensamento ou outro propósito além do fato de que ele estava a caminho do Lundy's para tomar uma dose. Tomar várias doses. Tantas quantas quisesse. E nada iria impedi-lo de chegar aonde estava indo. Estava no rumo de alguma bebida e era melhor que eles não ficassem no seu caminho. Não tinha nenhuma idéia de quem seriam "eles", mas, fossem quem fossem, fariam bem em dar passagem a Cassidy para o Lundy's Place.

Na margem do rio da rua das Docas os grandes barcos balançavam suavemente sobre a água escura como galinhas monstruosas, gordas e complacentes em seus poleiros. Suas luzes cintilavam e espalhavam borrões amarelados sobre o calçamento da rua margeando os ancoradouros. Ao longo da rua das Docas as bancas do mercado de peixe estavam fechadas e escuras, exceto por rasgos de luz que saíam de seus interiores, onde fornecedores de sáveis do Delaware, siris de Barnegat e ostras e mexilhões de Ocean City estavam preparando sua mercadoria para as vendas do amanhecer. Quando Cassidy passava pelo mercado de peixe, uma janela abriu-se e um amontoado de tripas de peixe veio voando, dirigido a uma enorme lata de lixo. As tripas de peixe erraram a lata e atracaram na perna de Cassidy.

Cassidy dirigiu-se à janela aberta e olhou furiosamente para o rosto gordo e suado acima de um avental branco.

– Ei, você – Cassidy disse. – Olhe onde está jogando isso.

– Oh, cale-se – disse o vendedor de peixe e começou a fechar a janela.

Cassidy segurou-a e a manteve aberta.

– Quem você está mandando calar a boca?

Outro rosto apareceu dentro da banca. Cassidy viu os dois rostos como um monstro de duas cabeças. Os dois olharam-se e o rosto gordo disse:

– Não é nada. Só aquele vagabundo bêbado, aquele Cassidy.

Uma mão se estendeu para fechar a janela. Cassidy segurou-a aberta.

– Tudo bem – disse ele – então estou bêbado. E daí? Vai querer criar um caso por isso?

– Vá em frente, Cassidy. Vá em frente, dê uma volta. Vá se afundar no Lundy's com o resto da escória.

– Escória? – Cassidy sacudiu forte a veneziana, até que suas dobradiças gemessem em protesto. – Saia daí e me chame de escória. Venha aqui pra fora!

– O que há, Cassidy? Está irritado? Teve outra briga com sua esposa?

– Deixe minha esposa fora disso. – Ele empurrou com mais força a veneziana. As dobradiças começaram a desprender.

O rosto gordo tornou-se alarmado e raivoso.

– Solta essa veneziana, seu bêbado bastardo...

– Oh – disse Cassidy e riu. – É isso que eu sou? Não sabia. Obrigado por me dizer. – Deu um puxão perverso e as dobradiças se soltaram da parede. Ele cambaleou para trás com o peso. Os dois rostos emergiram da janela da banca. Cassidy arremessou a veneziana neles, que se desviaram por um triz enquanto ela entrava voando na banca. Cassidy ouviu o estrondo, os gritos e palavrões. Sabia que eles não sairiam atrás dele porque um incidente similar já tinha acontecido uma vez, e naquela ocasião ele tinha fechado o olho esquerdo do gordo e deixado o outro inconsciente. De certa forma, lamentou que eles não tivessem saído. Estava se coçando por uma ótima sessão de violência.

Ele se afastou da banca de peixe e continuou descendo a calçada. O caso da veneziana o deixara sóbrio o suficiente para que tivesse uma perspectiva melhor de quais eram seus planos. Seus planos estavam concentrados mais em Mildred do que em bebida adicional. Pretendia encontrá-la no Lundy's Place, arrancá-la de lá, levá-la para casa e forçá-la a fazer uma refeição decente para ele. Maldição, um homem que trabalhou duro o dia todo tem direito a uma refeição decente. E então para a cama. A identidade de Mildred foi apagada quando ele pensou na cama e no que aconteceria. Em relação ao que aconteceria, ao que ele faria e com quem estaria fazendo, não havia nenhum pensamento de Mildred, apenas o pensamento da sua exuberância física.

Pensando ainda nesses termos, foi novamente atingido pelo desassossego, pela confusão. Seu cérebro continuou a desanuviar quando ele lembrou seu comportamento incomum, o fato de ela ter recusado a batalha, de ter caído fora no meio de uma discussão. Ela nunca tinha feito aquilo antes. O que havia de errado com ela? Que novo truque ela estava tentando aplicar?

Ele parou e encostou-se pesadamente contra uma parede de tijolos. Melhor pensar sobre isso. Melhor tentar deixar aquilo claro. Não era coisa para passar por cima levianamente. Era um assunto sério. Veio sob a forma do que chamavam um problema doméstico. Claro, afinal de contas aquela mulher era casada com ele. Era sua esposa. A aliança no seu dedo poderia ser empenhada por dois dólares, mas era uma aliança de casamento e tinha sido posta ali na presença de um confiável juiz de paz. Uma cerimônia legal às três da manhã em Elkton, Maryland. Conforme a lei e conforme o desejo de Deus, como o homem dissera. Nada por baixo do pano. Um casamento completamente legítimo, ela era sua esposa legal, ele tinha seus direitos e era melhor se pôr ao corrente disso e não ter qualquer idéia fantasiosa.

De qualquer modo, do que ela estava se lamentando? Ele trazia toda semana seu dinheiro para casa, pagava o aluguel em dia, cuidava para que ela tivesse roupas para vestir. Se parte da grana ia para bebida, era por um consenso mútuo, e ela bebia tanto quanto ele, às vezes mais. Pensando nisso, no que dizia respeito a finanças ela ganhava a melhor parte, pois sempre estava arranjando empregos ocasionais como costureira e ele nunca lhe perguntava sobre o dinheiro que ganhava. É possível que gastasse cada centavo em uísque, como provavelmente vinha fazendo antes que ele a encontrasse.

Do que, em nome de Deus, ela estava reclamando? Ela lhe proporcionara tantos olhos roxos quanto ele. Talvez mais, apesar dos olhos roxos serem numerosos demais para registrar. Ele desejou ter um brilhante níquel de cada vez que ela o alvejou na mosca com um prato, uma travessa ou uma garrafa vazia de uísque. Numa notável ocasião, a garrafa de uísque não tinha sido esvaziada e ele teve de levar três pontos no couro cabeludo.

Seus pensamentos vagavam superficialmente. Havia canais mais profundos esperando por seus pensamentos, mas ele nunca estava inclinado a sondar tão longe quando se tratava de Mildred. Ele fazia questão de pensar na mulher e nele mesmo em termos elementares e nada mais, pois qualquer outra coisa era muito complicada e ele tinha sido arrastado a muitos problemas sem procurar complicações adicionais.

Apesar disso, quando chegou mais perto do Lundy's Place, quando viu o reflexo amarelo sujo escorrendo da janela imunda do salão, sentiu a pontada de uma dúvida aguda. Foi assaltado por um medo intenso em relação a Mildred. E subitamente soube o que era. Mildred tinha encontrado outro homem!

Com igual instantaneidade ele soube a identidade do homem e entendeu por que Mildred tinha sido puxada para aquela direção particular. Dizendo-se que deveria ter suspeitado há muito, pressionou botões em seu cérebro para evocar cenas e episódios que tinha mais ou menos ignorado na época em que ocorreram. Embora a maioria dos homens que viam Mildred pela primeira vez fossem propensos a arregalar os olhos e respirar fundo, isto tinha sido especialmente perceptível no caso de um homem chamado Haney Kenrick. O fator que fez de Kenrick um candidato especial foi a grana nos seus bolsos. Não era uma fortuna, mas excedia de longe as capacidades financeiras de qualquer dos outros homens que sustentavam o Lundy's Place.

Então era isso. Cassidy sacudiu a cabeça enfaticamente. Estava tão claro e simples assim. Tão fácil de imaginar que era quase engraçado. Fácil entender por que ela tinha dito que estava cheia dele. Claro que ela estava cheia. Cheia de vestidos baratos, sapatos de cinco dólares e cosméticos de liquidação. Cheia dos cômodos apertados no cais. Agora ele sabia por que ela jogara a nota de dez dólares em seu rosto. Não era o bastante. E sua mente tornou-se uma tela sobre a qual ele tosca e furiosamente pintou a mão de Haney Kenrick, uma nota de cinqüenta dólares estendida e Mildred apanhando o dinheiro.

Cassidy avançou mais rápido para o Lundy's Place, com os braços curvados ao longo do corpo, os punhos cerrados.

O Lundy's Place parecia algo projetado de um velho filme sobre uma tela rachada. Era grande, tinha um teto alto e a mobília não tinha nenhuma cor, nenhum lustro, nenhuma forma definida. A madeira do balcão e das mesas estava lascada e acinzentada pelo tempo, e o piso tinha uma textura viscosa, como poeira tecida. O próprio Lundy era apenas uma outra mobília, alguma coisa velha, fosca e oca, indo do balcão à mesa, andando de um lado para o outro atrás do balcão com um rosto de pedra. A maioria dos fregueses habituais sentavam às mesas, a mesma mesa e a mesma cadeira noite após noite. E Cassidy, de pé lá fora e espreitando através da janela opaca, sabia exatamente para onde olhar.

Viu Mildred sentada à mesa de Haney Kenrick. Apenas os dois sentados lá, Kenrick falando energicamente e Mildred sorrindo e concordando. Então Kenrick pôs sua mão no braço de Mildred, aproximou-se apenas um pouco e lhe disse algo no ouvido. Mildred jogou a cabeça para trás e riu.

Cassidy encolheu os ombros e baixou a cabeça até que a pressionou forte contra a janela. Conseguiu permanecer imóvel, sabendo que se desse vazão ao que queria fazer, entraria rachando pela janela. Implorou a si mesmo para relaxar. Disse a si próprio para esperar ali fora e pensar melhor.

Mas seus olhos continuaram cravados na mesa onde ela sentava com Haney Kenrick. Ela ainda estava rindo. E então Kenrick disse algo que a fez rir mais forte. Estavam rindo juntos. Cassidy estremeceu na janela e estudou a mesa como se fosse uma trincheira inimiga a seis ou sete metros de distância.

Em várias ocasiões, e diretamente na cara do homem, Cassidy tinha chamado Haney Kenrick de babão imprestável. Tinha pouco a ver com a aparência, apesar de Kenrick pesar mais de cem quilos, a maior parte parecendo ser de banha. O homem tinha alguns centímetros acima da altura média e sempre tentava parecer mais alto quando se levantava. Sempre tentava manter a barriga encolhida e o peito à frente, mas após uns poucos minutos tudo despencava novamente.

Cassidy acertou o foco para que seus olhos centrassem em Kenrick e viu o rosto gordo e brilhoso, o esparso cabelo castanho-claro seboso e escorrido, e, através dele, um escalpo arredondado. Viu a roupa de Kenrick, barata e chamativa, o colarinho pesadamente engomado, o terno bem passado, os sapatos tão polidos que pareciam esmaltados.

Haney Kenrick tinha quarenta e três anos e ganhava a vida vendendo bugigangas para donas-de-casa de porta em porta, pelo sistema de prestações. Vivia em um quarto a poucas quadras do Lundy's Place e alegava amar o cais, amar o Lundy's Place e todos os queridos e bons amigos que ele tinha ali.

Todos os queridos e bons amigos sabiam que era uma mentira. Kenrick não era aceito na maioria dos círculos e vir ao Lundy's lhe dava um sentimento de auto-satisfação e superioridade. Ele nunca foi realmente capaz de disfarçar seu desdém e desprezo, e quando lhes oferecia um grande cumprimento e um tapinha nas costas eles apenas sentavam lá, o toleravam e silenciosamente lhe perguntavam a quem ele achava que estava enganando.

E lá estava ela, sentada ali com aquele gordo impostor. Jogando-se para cima dele. Rindo de suas piadas. Deixando-o pôr sua cara gordurosa perto dela. Deixando a mão dele mover-se ao longo de seu braço, em direção à parte carnuda onde podia dar uma boa beliscada. Cassidy mordeu o canto da boca e disse a si mesmo que era hora de atacar.

Algo puxou-lhe as rédeas. Ele não tinha nenhuma idéia do que era, mas de alguma forma sabia que estava ligado a uma espécie de estratégia. Arrancou os olhos da mesa onde ela sentava com Kenrick e dirigiu sua atenção para as outras mesas, chegando finalmente a quatro bebedores que sentavam num canto distante, numa mesa onde usualmente havia três.

Três dos seus melhores amigos. Lá estava Spann, um vagabundo do cais, pobre e trapaceiro, mas correto como uma régua com as pessoas de quem gostava. E a namorada de Spann, Pauline, com a compleição de um palito e um rosto da cor de um jornal em branco. Lá estava Shealy, cabelos brancos aos quarenta, com uma capacidade assombrosa para beber, com um cérebro que uma vez tinha produzido livros colegiais sobre economia. Agora Shealy ganhava a vida atrás da registradora de uma loja de velas para navios na rua das Docas. Era um bom vendedor para um lugar daquele tipo, porque nunca tentou vender. Tudo que ele fazia era sentar e beber. Era tudo que qualquer um deles fazia ao sentar ali na estagnação viscosa do Lundy's Place. Um porto para barcos desgovernados.

O quarto membro da festa era alguém que Cassidy nunca vira antes. Uma pequena, frágil e pálida mulher. Parecia andar na casa dos vinte e tantos. Cassidy viu sua singeleza, sua suavidade. Algo bondoso e doce. Algo higiênico. Apesar disso, enquanto ele a observava, quando viu a maneira como ela erguia o copo, soube instantaneamente que ela era uma alcoólatra.

Era evidente. Ele sempre sabia. Eles se entregavam em centenas de pequenos gestos. Ele nunca se sentiu triste por eles porque sempre estava muito ocupado em sentir-se triste por si mesmo. Mas, agora, sentiu uma onda de piedade pela mulher de rosto pálido e cabelos amarelos que sentava ali com Shealy, Pauline e Spann. Convenceu-se de que era importante descobrir quem ela era.

Entrou no Lundy's Place, atravessou a sala lenta e quase casualmente, e disse olá para Shealy. Sorriu indistintamente para Pauline e Spann e então encarou a frágil mulher e esperou que ela o notasse. Ela estava concentrada em um copo de água cheio até a metade com uísque. Ele sabia que ela não estava sendo rude. Era só que não podia afastar seus olhos do uísque.

– Parou de chover? – Shealy perguntou.

Cassidy sacudiu a cabeça afirmativamente.

– Algo de novo? – Shealy perguntou.

Cassidy puxou uma cadeira, sentou-se e acenou para Lundy. O velho aproximou-se e Cassidy pediu uma dose de malte. A mulher frágil olhou para Cassidy, sorriu e Cassidy sorriu de volta. Ele notou que seus olhos eram acinzentados. Ela era bem bonitinha.

– O nome dela é Doris – disse Shealy.

– Qual é o seu? – Doris perguntou.

– O dele é Cassidy – Shealy disse.

– O senhor Cassidy bebe? – Doris quis saber.

– Às vezes – Cassidy disse.

– Eu bebo todo o tempo – disse ela.

Shealy sorriu para ela como se fosse seu pai.

– Vá lá, criança, vá em frente com sua beberagem. – Ele olhou atentamente para Cassidy e depois dirigiu a cabeça para a mesa onde Mildred estava sentada com Haney Kenrick.

– O que é isto, Jim? O que está acontecendo? – disse ele.

Cassidy pôs suas mãos no colo.

– Ela está tomando alguns drinques com Haney Kenrick. É tudo que eu sei.

– Isso não é tudo o que eu sei – disse Pauline.

Spann semicerrou os olhos para Pauline e disse:

– Cale-se. Ouviu? Sente-se aí e cale-se.

– Você não pode me mandar calar! – Pauline disse.

A voz de Spann tinha uma textura rugosa.

– Estou lhe dizendo. Fico aborrecido quando você se mete onde não é da sua conta.

– É da minha conta – disse Pauline. – O Cassidy aqui é meu amigo. Não gosto de ver meus amigos maltratados.

Spann esfregou os dedos até as unhas.

– Acho que é melhor fazê-la calar.

– Deixe-a em paz – disse Shealy. – Não importa o que você faça, ela dirá de qualquer forma, mais cedo ou mais tarde. Deixe-a dizer.

Lundy veio para a mesa a com garrafa. Cassidy pagou pela bebida, abriu a garrafa e encheu os copos de novo. Pôs uma dose menor no copo de Doris e sorriu quando ela continuou a segurar o copo, esperando por mais. Ele encheu meio copo, ela esperou e ele teve que encher o copo quase até a borda antes que ela dissesse basta.

– Escute, Cassidy, escute cuidadosamente. Nós estivemos em sua casa hoje. Mildred detonou uma festa – Pauline disse.

Cassidy apoiou um cotovelo na mesa e coçou atrás da cabeça.

– Descobri isso por minha conta.

– E a briga? – Pauline perguntou.

– Imaginei que houve uma briga – disse Cassidy. Exatamente quando dizia isso, notou um leve inchaço e uma vermelhidão na base do nariz de Shealy. Seus lábios estavam comprimidos quando ele disse:

– Quem te acertou, Shealy?

– Eu lhe direi quem o acertou – Pauline disse. – Aquele porco seboso sentado ali com sua esposa.

Cassidy pôs ambas as mãos espalmadas sobre a mesa.

– Agora calma, Jim – Shealy disse. – Deixe isso pra lá.

Pauline estava com os braços cruzados, a cabeça voltada para Cassidy.

– E lhe contarei por que isso aconteceu. Kenrick estava com as mãos na Mildred. Apalpando e sentindo como se estivesse escolhendo laranjas. E Mildred? Ela apenas ficou ali e o deixou fazer aquilo.

– Isto não é bem verdade – Shealy interrompeu. – Mildred estava bêbada e não sabia o que estava acontecendo.

– Diabos que não – Pauline disse. – Ela estava inteira e, se quer minha opinião, estava gostando daquilo.

Spann sorriu gentilmente para Pauline e disse:

– Fique fora disso. Apenas fique fora. Antes da noite acabar arrancarei seus cabelos pela raiz.

– Você não vai fazer nada – Pauline lhe disse. – Você é um zero. Se fosse um décimo de homem, teria provado isso hoje, quando Kenrick começou a bater em Shealy. E tudo que você fez foi olhar, como se tivesse um cinto de segurança ao redor.

Shealy sorriu para Cassidy.

– Eu acho que derramei algum sangue no seu assoalho.

– Foi terrível – Pauline disse. – Shealy não estava procurando barulho. Só foi fazer um pedido educado. Como o bom cavalheiro que ele é. Você é, Shealy, você é um autêntico cavalheiro.

Shealy deu de ombros.

– Simplesmente pedi ao Kenrick para parar o que estava fazendo. Argumentei que Mildred estava embriagada...

– E Kenrick só riu – Pauline cortou. – Então Shealy lhe disse de novo. Sem qualquer aviso, ele acertou Shealy no rosto.

Cassidy afastou sua cadeira umas poucas polegadas da mesa. Olhou firme para Mildred e Haney Kenrick no outro lado da sala. Continuou olhando até que Kenrick o viu e sorriu expansivamente, acenou um conveniente alô e acenou novamente para que soubesse que estava convidado para um drinque.

– Calma – disse Shealy. – Calma, Jim.

– Apenas uma coisa me aborrece – Cassidy murmurou. – Não gosto do fato dele ter acertado você.

– Não foi nada – Shealy disse. Deu uma risadinha. – Apenas um soco no nariz.

Pauline inclinou-se na direção de Cassidy.

– E sobre Mildred? Você ouviu o que ele estava fazendo com Mildred.

Cassidy olhou para as próprias mãos.

– Mildred que vá para o inferno.

– Ela é sua esposa – Pauline disse. Doris sorriu para Cassidy e disse:

– Posso tomar outro drinque?

Ele serviu outro drinque para Doris. Um pouco respingou sobre a mesa e ele ouviu Pauline dizendo:

– Está me ouvindo, Cassidy? Estou lhe dizendo algo. Ela é sua esposa.

– Não é esse o problema – Cassidy disse. – Isso não importa. – Ele ergueu seu copo e tomou um grande gole. Tomou outro, esvaziou o copo, encheu-o novamente e então, por um instante, houve calma enquanto todos eles se concentraram nos drinques. O intervalo de calma era como uma estranha ausência de ruído no tombadilho de um navio naufragando lentamente, com pessoas estranhamente quietas saltando para dentro dos salva-vidas. Eles estavam inconscientes uns dos outros, calmamente concentrados nas bebidas.

Finalmente Pauline disse:

– É o que eu afirmo. Shealy é um autêntico cavalheiro.

– Gostaria – Shealy disse.

– Você é – Pauline tinha lágrimas nos olhos. – Você é, meu querido.

Spann sorriu com aparência esgotada.

– E eu? – ele inquiriu. – O que eu sou?

– Você é um lagarto – Pauline disse. Ela olhou para Doris. – Pelo amor de Deus, diga alguma coisa.

Doris ergueu o copo e tomou um longo e lento gole, como se aquilo fosse água fresca.

Cassidy levantou-se. Postou-se firmemente, sentindo sua estabilidade e ouvindo Shealy dizer:

– Calma, Jim. Por favor, agora. Calma.

– Eu estou bem – disse Cassidy.

– Não – Shealy disse. – Eu lhe imploro, Jim. Por favor, sente-se.

– Está tudo bem.

– Não, Jim.

– Ele acertou você. Não foi isso que ele fez?

– Por favor – Shealy puxou a manga de Cassidy.

– Mas você não vê? – Cassidy falou suavemente. – Você é meu amigo, Shealy. Às vezes você fala como um livro e me dá nos nervos, mas é meu amigo. Você é uma imprestável ruína bêbada, mas é meu amigo e ele não tinha nenhum direito de bater em você.

Afastou a mão de Shealy de sua manga. Atravessou

a sala e foi direto para a mesa onde eles estavam. Kenrick viu-o chegando, sorriu largamente, muito largamente. Mildred voltou-se para ver para quem Kenrick estava sorrindo, viu Cassidy e olhou-o apenas por um momento, depois virou-lhe as costas.

Cassidy se aproximou e Kenrick ergueu meio corpo, procurou uma cadeira e disse:

– O que o atrasou tanto? Estávamos esperando por você. Sente-se aqui. Tome um trago.

– Tudo bem – disse Cassidy. E Kenrick pediu a Lundy uma garrafa e outro copo.

Então Kenrick deu uma palmada no ombro de Cassidy e disse:

– Bem, Jim, velho chapa, como vai indo?

– Bem – disse Cassidy.

– Como está andando o velho ônibus?

– Legal. – Ele estava olhando para Mildred e ela olhando de volta para ele.

– Como vão as coisas lá em Easton? – Kenrick disse e, novamente, deu uma palmada no ombro de Cassidy.

– É uma bela cidade – disse Cassidy.

– É o que ouço dizer. – Os dedos compactos de Kenrick brincavam com um isqueiro. – Dizem que Easton é uma grande cidade. Dizem que é muito boa para vendas à prestação.

– Eu não saberia dizer – Cassidy disse.

– Bem – e Kenrick recostou-se em sua cadeira –, eu lhe direi. Falo em termos de número de ruas. Baixo poder aquisitivo. População operária. Um monte de crianças. É isto que é. Você junta os fatos, determina uma área, vai lá e vende.

– Não sei coisa alguma sobre isso – Cassidy disse.

– É algo para aprender – Kenrick declarou. – É muito interessante.

– Não para mim – disse Cassidy. – Eu apenas dirijo um ônibus.

– E este também é um bom, árduo e honesto trabalho. – Uma vez mais Kenrick deu uma palmada no ombro de Cassidy. – Não é coisa de se envergonhar. É apenas um bom, singelo, árduo e honesto trabalho.

Lundy veio para a mesa com a garrafa e o copo e Kenrick serviu três doses. Ergueu seu copo e abriu a boca para dizer alguma coisa, mudou rapidamente de idéia e continuou erguendo o copo. Mas a mão de Cassidy tocou seu braço para retardar o gole.

– Diga-o, Haney.

– Dizer o quê?

– O brinde. – Cassidy estava sorrindo para Mildred. – O brinde que você estava para dizer.

– Que brinde?

– A Mildred. Ao aniversário de Mildred.

A boca de Kenrick contorceu-se como se estivesse tentando esconder goma de mascar sob o lábio.

– Aniversário? – aquilo saiu nervosamente rápido.

– Claro – disse Cassidy. – Você não sabia que era seu aniversário?

– Bem, sim. Sim, é claro. – A risada de Kenrick estava gorgolejando. Ele ergueu o copo cerimoniosamente e disse: – Ao aniversário de Mildred.

– E aos braços de Mildred – disse.

Kenrick olhou fixo para ele.

– Macios e brancos braços de Mildred – Cassidy disse. – Belos, macios e suculentos braços.

Kenrick tentou rir novamente, mas não veio nenhum som.

– E ao peito opulento de Mildred. Dê uma olhada nesta exuberância. Olhe para eles, Haney.

– Bem, agora, realmente, Jim...

– Olhe para eles. Dê uma olhada neles. Tremendos, não são?

Kenrick engoliu em seco.

– Olhe como são as curvas dos seus quadris – disse Cassidy. – Olhe para esse par de quadris. Grandes, cheios e redondos. Olhe toda essa esplêndida carne. Você já viu alguma coisa como isso?

Havia suor no rosto de Kenrick.

– Vá em frente, Haney, olhe. Continue olhando. Ela está bem aí. Você pode vê-la. Pôr suas mãos nela. Não vou impedir. Ponha suas mãos nela toda. Vá lá, Haney.

Kenrick engoliu em seco novamente. Tratou de assumir uma expressão solene e empolada e disse: – Agora pare, Jim. Esta mulher é sua esposa.

– Quando você descobriu? – Cassidy perguntou. – Você sabia isso esta tarde?

Mildred levantou-se. – Isto já basta, Cassidy.

– Você sente-se – ele disse. – Fique quieta.

– Cassidy – disse ela –, você está podre de bêbado e é melhor cair fora daqui antes que comece uma confusão.

– Ele ficará bem – disse Kenrick.

– Ele está louco e fedendo de bêbado – Mildred disse. – Ele é um sujo.

– Claro que sou. – Aquilo estourou quando veio dos lábios de Cassidy. – Um imprestável bêbado vagabundo. Não sou bom o bastante para você. Não ganho bastante dinheiro. Não posso comprar as coisas que você quer. Você sabe que nunca serei nada mais além do que sou. Você parece que pode conseguir algo melhor. Como isto aqui – e indicou Haney Kenrick.

Os olhos de Kenrick sondaram a bebedeira de Cassidy. Ocorreu-lhe que Cassidy estava realmente bastante bêbado e poderia não ser muito problema. Kenrick também sentiu que era um momento propício que se apresentava. Viu um meio de se valorizar aos olhos de Mildred.

– Vá para casa, Jim. Vá para casa e durma – Kenrick disse.

Cassidy riu.

– Se eu for para casa, onde você irá com ela?

– Não se preocupe com isso – disse Kenrick.

– Você pode estar malditamente certo de que não vou me preocupar – Cassidy levantou-se. – Não vou dedicar nem um pensamento a isto. Por que deveria? O que me importa o que ela faz? Você pensa que estou magoado porque você pôs suas mãos nela hoje? Tampouco me magôo com isso. Para mim não importa. Eu lhe digo que isso não importa.

– Tudo bem – Mildred disse. – Você está nos contando que isso não importa. E o que mais?

– Vamos deixá-lo sozinho – Kenrick disse. – Ele ficará bem. Vai se comportar e voltar para casa. – Kenrick levantou-se, pegou o braço de Cassidy num aperto forte e começou a afastá-lo da mesa. Cassidy soltou-se, perdeu o equilíbrio, esbarrou em outra mesa e caiu no chão. Kenrick agachou-se, colocou-o em pé e continuou guiando-o para a porta. Mais uma vez ele escapuliu do agarrão de Kenrick.

– Agora, seja legal, Jim.

Cassidy piscou, olhou além de Kenrick e viu Mildred indo para a mesa onde Shealy e os outros estavam. Viu Mildred estender-se para agarrar o pulso de Pauline.

Ouviu Mildred dizendo:

– Tudo bem, sua encrenqueira. Só fica contente quando abre a boca. Agora vou fechá-la para você.

Mildred fez Pauline ficar de pé e esbofeteou-a fortemente no rosto. Pauline praguejou e grudou-se aos cabelos de Mildred, esta disparou outra bofetada que mandou Pauline contra a parede, para cair com estrondo e levar outra bofetada na boca. Pauline eriçou-se como um pássaro selvagem, voou para Mildred e Shealy tentou colocar-se entre elas. Kenrick tinha se virado para observar aquilo e, quando Shealy tentou separar as mulheres, ele ordenou:

– Fique fora disso, Shealy.

Shealy ignorou a ordem. Kenrick deu uns poucos passos na direção de Shealy e a esta altura Cassidy disse:

– Vire-se, Haney: Olhe para mim. Você já se divertiu com Shealy esta tarde. Agora de noite vai ser comigo.

Havia uma determinação gélida e objetiva no seu tom de voz, o que levou todos na sala a encararem Cassidy. O combate entre Mildred e Pauline tinha acabado com Pauline soluçando no chão. Spann ignorava Pauline e estava observando Cassidy, esperando para ver o que ele pretendia fazer. Todos estavam imaginando o que Cassidy iria fazer.

Kenrick parecia preocupado. Parecia que Cassidy tinha, de alguma maneira, ficado sóbrio. Kenrick não gostou do jeito de Cassidy em pé ali, pernas eretas e firmemente plantadas, os braços balançando só um pouco, as mãos cerradas de forma que os nós dos dedos eram pedaços de pedra.

– Você é um panaca, Haney. Você é um panaca rasteiro – disse Cassidy.

– Ora, Jim, não queremos nenhum problema.

– Eu quero.

– Não comigo, Jim. Você não tem nenhuma queixa legítima contra mim.

Cassidy sorriu por um instante.

– Vamos apenas dizer que não gosto de você. E especialmente esta noite eu não gosto de você. Me aborrece saber que você deu uns safanões em Shealy. Shealy é meu amigo.

Mildred se aproximou. Parou com seu rosto próximo ao de Cassidy e disse: — Não é por causa do Shealy e você sabe disso. Você está com ciúme, isto é tudo. Você está se roendo de ciúmes.

— De você? — disse Cassidy. — É uma piada.

— É? — ela desafiou. — Então vamos ver você rir.

Em vez de rir ele enfiou a palma da mão aberta no rosto dela, empurrou forte e Mildred foi recuando, perdeu o equilíbrio e caiu no chão. Aterrissou com um estrondo ruidoso, sentou-se mostrando os dentes e sibilando enquanto dizia:

— Certo, Haney. Pegue-o por isso. Não deixe ele fazer isso comigo.

O rosto de Kenrick assumiu uma expressão de surpresa. Mas seu desejo por Mildred era mortalmente sério e este tinha crescido a tais proporções que excediam em muito qualquer outra coisa em sua mente. Ele sabia que tinha de ter Mildred e este poderia ser o jeito de ganhá-la. Kenrick levantou o peso da barriga para o peito, aproximou-se de Cassidy e balançou-se com toda sua energia.

Cassidy não foi rápido o suficiente. Foi um cruzado de direita e pegou-o em cheio na mandíbula. Ele voou de costas, colidiu com uma mesa e estava curvado com as costas sobre ela quando Kenrick veio para cima dele novamente. Kenrick agarrou suas pernas e jogou-as em cima do tampo da mesa, então rodeou a mesa para chutá-lo nas costas e mirar um outro chute. Cassidy rolou, saltou, tentou defender-se e não pôde fazê-lo. Kenrick esmagou sua boca com um direto de esquerda, então detonou outro de esquerda no nariz e um de direita na cabeça. E Cassidy despencou novamente.

Era um momento ótimo, delicioso, para Kenrick. Tinha certeza de que tinha acabado com Cassidy e começou a se afastar. Mas, pelo canto do olho, viu Cassidy se levantando.

— Não seja tolo, Jim — disse ele. — Você vai acabar numa ambulância.

Cassidy reuniu a saliva e o sangue de seus dentes e os cuspiu no rosto de Kenrick. Atirou-se arfando sobre ele, alvejou-o com um direto de esquerda na boca, seguido por um de direita que atingiu Kenrick na têmpora. Kenrick agarrou-se a ele, segurou-o, pôs os dois braços ao redor da sua cintura, apertou e eles foram ao chão. Rolaram, Kenrick melhorando sua vantagem com todo o poder de seus braços pesados, espremendo o ar de Cassidy, espremendo e espremendo até que a dor de Cassidy fosse de um cinza-escuro e, então, de um negro espesso, e pareceu que era o fim de tudo.

Kenrick sorriu para ele e disse:
— Pronto?

Cassidy iniciou um aceno de cabeça que não pôde ser completado porque sua cabeça entestou contra o queixo de Kenrick. Este deixou escapar um ruído que misturava um gemido a um suspiro, e os braços caíram afastados da cintura de Cassidy. Cassidy estava em pé, viu Kenrick levantando-se e permitiu que ele caminhasse rumo a um direto de esquerda no olho. Este imobilizou Kenrick, endireitou-o e Cassidy lançou um explosivo cruzado de direita que chegou como uma bigorna contra a mandíbula de Kenrick.

Kenrick navegou de costas e aterrissou estirado. Seus olhos estavam fechados e ele estava inconsciente. Cassidy olhou para ele, deu uma outra olhada para ter certeza, arreganhou os dentes e então embarcou suavemente numa macia névoa branca que caiu sobre ele.

Capítulo 4

Eles estavam jogando água no rosto de Cassidy. Tinham-no colocado em um dos quartos vazios em cima do bar. Quando abriu os olhos, viu-os espreitando-o ansiosamente. Ele fez uma careta e tentou sentar-se. Shealy disse-lhe para ir com calma. Ele disse que queria um trago e Spann alcançou-lhe uma garrafa. Tomou um longo gole. Na metade deste, viu Mildred. Olhou direto para ela enquanto acabava o gole. Então ergueu-se do chão e se aproximou dela.

– Trate de cair fora daqui – disse ele.

– Vou levar você para casa.

– Casa? – Ele falou em tom mais baixo. – Quem disse que tenho uma casa?

– Vamos – ela disse, e estendeu-se para apanhar seu braço.

Ele afastou sua mão.

– Fique longe de mim. Eu falo sério.

– Tudo bem – disse ela. – Como você quiser.

Ela virou-se, saiu e ele ouviu Shealy dizendo:

– Isto foi errado, Cassidy. Não foi legal.

Ele olhou para Shealy.

– Fique fora disso.

– Estou só dizendo que não foi legal. Ela tentou encontrar você no meio do caminho.

– Me conte isso na próxima semana. – Ele ignorou Shealy, pôs um dedo na boca e retirou-o sangrento.

45

Estava começando a sentir a dor de suas contusões. A ninguém em particular, ele disse:

– Onde está meu amigo Haney?

Spann riu gostosamente.

– Levaram-no a um médico.

Cassidy sentiu o lado de sua mandíbula.

– Sabe – disse ele –, aquele bastardo gordo armou uma boa luta!

Eles desceram as escadas para o bar. Cassidy disse que suportaria um outro trago.

Shealy sacudiu a cabeça.

– Acho melhor você dizer boa-noite. Nós levamos você em casa.

– Eu disse que não estava indo para casa. – Ele gesticulou para Lundy e o velho olhou fixo para ele, olhou além dele para Shealy, que continuou sacudindo a cabeça. Cassidy virou-se, encarou Shealy e disse:

– Quem fez de você meu tio?

– Sou apenas seu amigo.

– Então me faça um favor – Cassidy disse. – Larga do meu pé.

– É uma pena – Shealy disse.

– O que é uma pena?

– Você está cego – Shealy disse. – Você simplesmente não é capaz de ver.

Cassidy oscilou pesadamente e deu as costas ao homem de cabelos brancos. Por trás do balcão Lundy estava servindo um trago para Cassidy. Não fazia nenhuma diferença para Lundy se Cassidy tinha detonado o inferno em seu estabelecimento esta noite. Eles sempre estavam detonando o inferno no Lundy's Place. Lutas e quase tumultos eram parte do negócio, e a recusa de Lundy em interferir era uma das características que o tornavam especialmente popular em todo o cais. Outra característica que o fazia popular era sua boa vontade em lhes servir bebidas depois que eles já estivessem encharcados. Ele até tinha uma sala nos fundos reservada para curar ressacas. Agora, enquanto servia Cassidy, tudo que queria dele eram trinta centavos pela dose.

Ela sentou-se ali com um copo vazio na frente. Estava olhando para o copo como se ele fosse a página de um livro e ela estivesse lendo uma história. Cassidy foi até ela, tentando lembrar seu nome. Dorothy, ou algo assim. Ou Dora. Perguntou a si mesmo se não estava bêbado demais para falar-lhe.

Continuou oscilando, olhando para o centro da mesa, que parecia girar.

– Não consigo lembrar seu nome.
– Doris.
– Sim, é isto.
– Sente-se – disse ela, sorrindo bondosa, mas impessoalmente.
– Se sentar, cairei dormindo.
– Você parece cansado – Doris disse.
– Estou bêbado.
– Eu também.

Cassidy franziu as sobrancelhas para ela.

– Você não parece bêbada.
– Estou completamente bêbada. Sempre sei quando estou muito bêbada.
– Isto é mau – Cassidy disse. – Isto quer dizer que você é um caso sério.

Doris concordou com a cabeça.

– Sim, sou uma pessoa muito doente. Disseram-me que estou bebendo a mim mesma até a morte.

Cassidy tateou para pegar uma cadeira, derrubou-a, teve dificuldade em pô-la de pé e, finalmente, desabou nela.

— Nunca tinha visto você aqui antes — disse ele. — De onde você é?

— Nebraska. — Ela ergueu lentamente sua mão e apontou um dedo para ele. — Você sofreu um acidente. Seu rosto está todo cortado.

— Bom, pelo amor de Deus. Onde você estava? Não viu o que aconteceu?

— Ouvi alguma confusão — Doris disse.

— Você não viu aquilo? Não viu a briga?

Ela baixou a mão e olhou para o copo vazio. Cassidy encarou-a.

Após longos momentos de calma, ele disse:

— Não sei como definir você.

Doris sorriu tristemente.

— Sou fácil de definir. Sou apenas uma pessoa doente, isto é tudo. A única coisa que eu quero fazer é beber.

— Que idade você tem?

— Vinte e sete.

— Aí está — ele disse, tentando pensar no que estava dizendo, tentando perfurar seu caminho através da parede de sua bebedeira. — Você é jovem, é pequena e isto é uma vergonha.

— O que é uma vergonha?

— Beber. Você não deveria beber assim. — Ele ergueu sua mão lentamente e tentou fechar o punho pra poder socar a mesa. Sua mão caiu mole contra a mesa e ele disse: — Quer um trago?

Doris aceitou.

Cassidy vasculhou a sala atrás de Lundy, mas o bodegueiro não estava à vista. Ele imaginou que Lundy estivesse no quarto dos fundos e levantou-se da mesa, chamou por Lundy, deu uns poucos passos e caiu sobre os joelhos.

— Oh, Jesus — disse ele. — Estou me sentindo podre.

Ele sentiu as mãos dela em seus braços, sabia que ela estava tentando erguê-lo do chão. Ele tentou ajudá-la, mas os joelhos fraquejaram novamente e ela caiu com ele. Sentaram ali no chão e olharam um para o outro. Ela esticou-se, tomou sua mão e usou-a como um suporte para levantar-se do chão. Então tentou erguê-lo e agora, muito lentamente, eles conseguiram, levantando como animais desancados, sufocados, ofuscados numa floresta de fumaça. Seu braço estava sobre o ombro dela, curvada sob seu peso, quando eles atravessaram a sala em direção à porta da rua.

Saíram para a rua calma e obscura às duas e meia da madrugada, com uma névoa vinda do rio ondulando na direção deles. Havia luzes e ruídos em alguns dos ancoradouros e alguma atividade nas barcas lá no meio do rio. No lado do rio da rua das Docas um policial olhou para eles, franziu as sobrancelhas, deu uns poucos passos até eles e, então, decidiu que eram apenas um par de bêbados e que fossem para o inferno.

O asfalto acabou eles avançaram pelos paralelepípedos com uma seriedade que tornava cada passo adiante um problema a ser estudado, a ser tratado cuidadosa e muito lentamente. Era muito importante que eles se mantivessem de pé, que continuassem conscientes e atravessassem a rua. Para eles isto tinha a mesma importância da luta de um salmão por um abrigo corrente acima. A mesma importância da impiedosa jornada de uma pantera ferida em busca de água. Seus corpos, envenenados e enfraquecidos pelo álcool, eram pedaços de substância animal isentos de pensamento e emoção movendo-se, simplesmente movendo-se, tentando sobreviver a uma horrível viagem de um lado ao outro da rua.

No meio da rua eles caíram novamente e Cassidy tratou de segurá-la antes que sua cabeça batesse nos paralelepípedos. Alguma luz de uma lâmpada de rua flutuou sobre seu rosto e ele viu que ela estava sem expressão. O olhar nos olhos dela estava mortiço e perdido, muito além de se importar, muito além da intenção de se importar.

Ele debateu-se com ela e se levantaram novamente. Andaram por uma rota sem direção alguma, indo para um lado, voltando novamente, dando voltas, recuando, avançando e finalmente chegaram ao outro lado da rua e se escoraram pesadamente contra um poste.

Enquanto descansavam ali, o ar úmido vindo do rio os reanimou um pouco e conseguiram olhar um para o outro e se reconhecerem.

– O que eu preciso – disse Cassidy –, é só de mais um trago.

O olhar mortiço abandonou os olhos dela.

– Vamos comprar um.

– Vamos voltar ao Lundy's – ele disse – e teremos outro trago.

Mas então, subitamente, ela estremeceu e ele sentiu o frágil corpo macio tremendo contra o seu, sentiu o frenesi de sua tentativa para evitar cair mais uma vez. Ele a segurou em pé e disse:

– Estou com você, Doris. Está tudo bem.

– Acho que vou para casa. Devo ir para casa?

Ele concordou.

– Eu levarei você em casa.

– Não consigo – ela começou.

– Não consegue o quê?

– Não consigo lembrar o endereço.

– Tente lembrar. Se a gente ficar de banda por aqui, vão vir com um camburão e vamos acabar na cadeia.

Doris contemplou os paralelepípedos brilhantes sob a luz da rua. Baixou a cabeça e pôs a mão na testa. Depois de um instante ela conseguiu lembrar seu endereço.

Cerca de cinco da manhã, um temporal veio do nordeste, uma tormenta de vento e chuva que desabou sobre toda a cidade e pareceu centrar sua fúria no cais. O rio arrastava-se em torvelinho, abria-se em fendas e disparava ondas selvagens nos ancoradouros, algumas delas se quebrando nos ancoradouros mais baixos e enviando pelotões de espuma até o meio da rua das Docas. A cascata de chuva era um ataque alucinante, como bilhões de pregos despencando. Nas bancas junto à rua das Docas e à rua da Margem e nos terminais de caminhões que subiam a avenida Delaware, todos os que trabalhavam pararam e fugiram em busca de abrigo, sabendo que hoje não haveria trabalho.

O turbilhão de chuva despertou Cassidy, ele sentou-se e instantaneamente entendeu que estivera dormindo no chão. Perguntou a si mesmo o que estava fazendo no chão. Então decidiu que não importava onde estivesse, pois certamente não poderia se sentir pior. Sua cabeça estava como se alguém que não gostasse dele tivesse inserido tubos pelos globos oculares para dentro do seu cérebro e enviado metal quente por eles. Seu estômago parecia ter caído nos joelhos. Cada célula nervosa em seu corpo estava numa espécie de agonia à parte. Disse a si próprio que ele certamente era um caso triste. Virou de lado e voltou a dormir.

Por volta de dez e meia despertou novamente e ouviu a chuva. Estava completamente escuro dentro do quarto e, ainda assim, havia bastante luz para ele ver seus contornos. Esfregou os olhos e se perguntou o que, em nome de Deus, estava fazendo num quarto que nunca tinha visto antes. Então, quando se erguia do chão, viu Doris dormindo na cama. E lembrou como ela tinha apagado em uma das ruas laterais, como ele a carregara até ali, colocara-a na cama e então se apagara.

Deu uma outra olhada no quarto. Era muito pequeno e miserável, mas cheirava a limpeza e havia uma porta que dava passagem para um banheiro e outra que conduzia a uma diminuta cozinha. Concluiu que precisava primeiro do banheiro. Quando saiu, sentiu-se um pouco melhor. Havia um maço de cigarros e uma caixa de fósforos sobre o roupeiro e ele se serviu de uma tragada e foi até a cozinha pensando em café quente.

Havia um relógio lá e quando ele olhou para o mostrador deixou escapar um lamento, sabendo que era tarde demais para ir trabalhar. Mas então se deu conta que era domingo. Não apenas isso, estava chovendo a cântaros lá fora, tanto que as ruas e estradas estavam sem condições para dirigir. Olhou pela janela da cozinha e foi como observar pela vigia de um barco submerso. O som da chuva era o de um bombardeio apontado em todas as direções e ele disse a si mesmo que era um bom dia pra ficar em casa.

Sentou-se placidamente à mesa da cozinha, saboreando o cigarro, esperando o café esquentar. Notou alguns livros em uma estante perto do fogão, levantou-se e deu uma olhada nos títulos. Enquanto lia os títulos, mordia suavemente o lábio inferior. Os livros eram obras de instrução sobre o autotratamento do vício do álcool. Abriu um deles e notou que ela fizera algumas anotações nas margens. Havia uma indiscutível e evidente inteligência na caligrafia, uma intencionalidade que significava um esforço frenético. Mas nos capítulos intermediários as notas acabavam e, nos capítulos finais, as páginas pareciam intocadas.

O café ferveu e ele se serviu de uma xícara, retraindo-se quando o líquido negro queimou sua boca. Mas isto fez com que ele se sentisse bem por dentro, continuou bebendo e serviu uma segunda xícara. Agora se sentia bastante melhor e o denso peso metálico em sua cabeça estava indo embora. Quando começou a terceira xícara, ouviu-a andando pelo quarto. Depois ouviu a porta do banheiro sendo fechada e o som de uma torneira correndo.

Era um bom som. Um som forte, positivo, o ruído de uma torneira de banheiro, talvez ela se banhasse toda manhã. Era bom saber que ela se banhava todo dia. A maioria delas ali no cais usava colônia barata e punha vários cremes nos sovacos, mas raramente tomavam banho.

Ele acendeu outro cigarro e serviu mais café. Sentou-se a escutar os sons confusos da tempestade lá fora e da chuveirada no banheiro. Dentro dele havia uma certa sensação de agradável expectativa que não tinha nada a ver com a razão, um sentimento levemente resguardado e completamente relaxado. Apenas era legal estar ali. E o café e o tabaco eram bons.

Então ouviu a porta do banheiro abrindo e seus passos vindo para a cozinha. Ele sorriu-lhe um bom-dia quando ela entrou. Seu cabelo estava escovado e ela usava um vestido limpo, um modelo simples em algodão amarelo-claro.

Ela devolveu-lhe o sorriso e disse:
– Como você se sente?
Ele sacudiu a cabeça.
– Me recuperando.
– Tomei um banho frio. Sempre me ajuda.

Ela foi até o fogão, serviu-se de uma xícara de café e trouxe-a para a mesa. Ergueu a xícara, franziu as sobrancelhas para ela, baixou-a e olhou para Cassidy.

– Onde você dormiu? – perguntou ela.
– No chão. – Ele disse isto com ênfase. Queria estar certo de que ela não pensasse mal dele.

Mas então compreendeu que ela não tinha pensado nisso, porque o interesse em seus olhos era apenas pelo conforto dele.

— Você deve estar duro que nem uma tábua. Acho que não dormiu muito — disse ela.

— Apaguei como uma luz.

O interesse continuou em seus olhos.

— Tem certeza de que se sente bem agora?

— Estou legal.

Ela voltou sua atenção para o café. Após uns poucos goles, disse:

— Você gostaria de um trago?

— Que diabo? Não. — disse Cassidy. — Nem sequer mencione a palavra.

— Importa-se se eu tomar um?

Ele estava para dizer que não se importava, claro que ele não se importava, por que iria se importar? Mas seus lábios estavam de alguma maneira rígidos e os olhos solenes, do tipo paternal. E ele disse:

— Você realmente precisa disso?

— Terrivelmente.

Ele sorriu com um tênue argumento.

— Tente deixar pra lá.

— Não posso. Realmente não posso deixar pra lá. Preciso disso pra me erguer.

Ele inclinou a cabeça, estudando-a.

— Há quanto tempo você está nessa dessa vez?

— Não sei — ela disse. — Nunca conto os dias.

— Você quer dizer as semanas — Cassidy disse. Ele suspirou cansadamente. — Tudo bem, vá em frente. Se eu amarrasse você com uma corda, não poderia impedi-la.

Ela se recostou um pouco e observou-o com uma seriedade infantil.

— Por que você gostaria de me impedir?

Ele abriu a boca para responder e descobriu que não tinha nenhuma resposta adequada. Olhou para o chão. Ouviu-a levantar-se e ir ao quarto. Pensando sobre o que estava acontecendo no quarto, visualizou sua aproximação deliberada da garrafa, a terrível calma e silêncio quando ela a erguia, a horrível cumplicidade entre a garrafa e ela. Podia ver a garrafa subindo até seus lábios, depois seus lábios encontrando os lábios da garrafa, como se esta fosse alguma coisa viva, fazendo amor com ela.

Um estremecimento percorreu Cassidy e, nos profundos veios de sua mente, viu a garrafa como uma criatura repugnante e grotesca que tinha atraído Doris, a capturara e deliciava-se com ela, drenando a doce vida do seu corpo enquanto destilava sua podridão para dentro dela. Viu a garrafa como algo venenoso e inteiramente odioso, e Doris completamente desamparada sob seu jugo.

Sua mente a seguir ficou confusa e os olhos vazios quando ele se ergueu lentamente da mesa e, por um momento apenas, ficou imóvel ali, sem certeza absoluta do que queria fazer. Mas quando partiu na direção do quarto, havia uma severidade no seu modo de andar e quando entrou esta severidade cresceu e ele se aproximou de Doris que estava em pé mirando a janela, a cabeça inclinada, a garrafa nos lábios.

Cassidy arrebatou a garrafa, agarrou-a e a segurou no alto, sobre sua cabeça, e então, com toda a força do seu braço, arremessou-a ao chão. Ela quebrou, espatifou-se, e o vidro e o uísque formaram um líquido âmbar prateado.

Tudo ficou calmo, ele estava olhando para ela e ela para a garrafa quebrada no chão. A calma durou quase um minuto.

Finalmente ela olhou para Cassidy e disse:

– Não posso entender por que você fez isso.
– Para ajudá-la.
– Por que você iria querer me ajudar?
Ele foi até a janela e olhou para a chuva torrencial lá fora.
– Não sei. Estou tentando descobrir.
Ele a ouviu dizendo:
– Você não pode me ajudar. Não há nada que você possa fazer.

A chuva golpeava a janela. Reluzia e redemoinhava, descendo rente à parede de um casebre no beco. Cassidy queria falar mas não tinha nenhuma idéia específica para expressar. Perguntou-se vagamente se iria chover o dia todo.

Ele ouviu Doris dizendo:
– Nada que você possa fazer. Nada mesmo.

Cassidy olhou fixo pela janela e por uma passagem entre as paredes dos prédios ao longo do beco. A passagem abria-se na direção da rua das Docas e além da rua ele viu o céu pesado de chuva sobre o rio.

E ele a ouviu dizendo:
– Três anos. Estou nessa há três anos. Em Nebraska, casei e tive filhos. Nós tínhamos uma pequena fazenda. Uns poucos acres. Eu não gostava da fazenda. Eu me preocupava com ele de todo o coração, mas odiava a fazenda. À noite eu não conseguia dormir, lia sem parar e fumava na cama. Ele dizia que era perigoso fumar na cama.

Cassidy virou-se muito lentamente. Viu que ela estava sozinha consigo mesma agora, falando alto para si mesma.

Ela disse:
– Talvez tenha feito de propósito. Não sei. Se Deus do céu apenas me dissesse que não fiz de propósito... – Ela levou os dedos aos lábios, como se estivesse tentando

fechá-los, tentando impedir as palavras de sair. Mas seus lábios continuaram.

– ... não para saber se fiz propositalmente. Não para saber. Só eu sei quanto odiava a fazenda. Nunca tinha vivido em uma. Não poderia me acostumar àquilo. E naquela noite, quando fumei na cama, caí adormecida. Quando despertei, um homem estava me carregando. Vi todas as pessoas. Vi a casa em chamas. Procurei por meu marido e pelas crianças, mas não podia vê-los. Como poderia vê-los se estavam dentro da casa? Tudo que podia ver era a casa ardendo.

Então seus olhos se fecharam e ele sabia que ela estava vendo aquilo novamente.

E ela disse:

– Eles eram legais para mim. Minha família e todos os meus amigos. Mas aquilo não ajudou. Aquilo foi pior. Uma noite cortei meus pulsos. Uma outra vez tentei pular de uma janela de hospital. E depois que aquilo aconteceu, eles me deram um trago. Foi a primeira vez que experimentei bebida alcoólica. Tinha um gosto bom. Tinha um gosto ardente. Ardente.

Ela sentou-se na beira da cama e olhou para o chão.

Cassidy começou a caminhar para a frente e para trás. Tinha as mãos atrás das costas e estava girando e apertando os dedos.

Estava pensando em todas elas. Em todas as vítimas do vício da bebida. No quanto elas bebiam e nas razões para beber. Então olhou para Doris. E todas as outras se foram de sua mente. Viu a pura, bondosa e delicada doçura de Doris, a inocência de Doris, o leve e brando, ainda que de alguma maneira poderoso, brilho de bondade que ela irradiava. Sentiu a espécie de dor que alguém sente quando vê uma criança aleijada. E, ao mesmo tempo, sentiu um enorme desejo de ajudá-la.

Ainda não sabia o que fazer. Não sabia como começar. Ele a viu sentada na beira da cama, suas delgadas mãos brancas descansando frouxamente no colo, os ombros encolhidos na atitude de alguém perdido em um labirinto.

Ele disse seu nome, ela ergueu a cabeça e olhou para ele. Havia um lamentoso apelo em seus olhos. Por um rápido instante ele teve consciência de que ela estava implorando por outra garrafa. Mas ele não queria saber daquilo. Não queria pensar sobre aquilo.

Manteve-se assim apenas o suficiente para murmurar:

– Você não precisa disso.

E quando disse aquilo, soube do que ela precisava. Do que ele próprio tinha precisado e encontrado na pureza levemente brilhante da presença dela. Aproximou-se. Seu sorriso era suave. Ele pegou sua mão e não havia nada físico no contato. Era como um murmúrio amável quando ele levou a mão dela até seus lábios e beijou as pontas dos dedos. Ela estava olhando-o com uma espécie de espera passiva, mas seus olhos gradualmente se arregalaram, maravilhados, quando ele a abraçou.

– Você é boa, Doris – disse ele. – Você é tão boa.

Ela olhou fixamente, olhos muito abertos, e no início havia apenas a admiração de descobrir que estava em seus braços. Mas então ela sentiu o morno conforto de seu peito, a segurança de sua proximidade, a pura suavidade que ela podia ver em seus olhos e sentir em seu toque. E havia uma sensação de descanso, de ser afagada, abrigada, e doce e suavemente protegida. Sem falar, apenas olhando para ele, ela era capaz de comunicar seu sentimento a Cassidy e ele sorriu e segurou-a mais apertado.

Então ele ergueu sua cabeça delicadamente, baixou a sua e viu o cabelo ouro-pálido escorregar, os olhos cinza fechando-se lentamente na plácida felicidade de saber da verdade e suavidade do momento. De entender seu significado. Enquanto os lábios dele se aproximavam. Enquanto os lábios dele se aproximavam suavemente e então estavam suaves sobre os lábios dela e ali permaneceram enquanto seus braços circundavam os ombros largos, as palmas das mãos pressionando contra o poderio concreto dos músculos de seu ombro.

Parecia que, sem se moverem, eles estavam flutuando vagarosamente para a cama até que estavam inclinados sobre ela, os lábios ainda suavemente colados, os corpos aquecendo-se com o suave calor de permitir que aquilo acontecesse como estava acontecendo.

E mais quente. E ainda mais quente. O bom calor. Um calor acariciante, Cassidy disse a si próprio. Porque estava certo. Porque não tinha nada a ver com luxúria. Era desejo, mas principalmente do espírito, e o sentimento corporal era apenas o que o espírito sentia.

Era físico porque se expressava em termos físicos. Mas a ternura era muito maior que a paixão. Ela mordeu os lábios com embaraço e mudamente tentou dizer-lhe que estava envergonhada de sua nudez, e ele se inclinou e expulsou sua vergonha com beijos. Ela aproximou sua boca da dele, como se dizendo silenciosamente, eu sou grata, eu sou grata, e agora não estou envergonhada, estou apenas contente, simplesmente contente e deixe acontecer.

Ele ergueu a cabeça, olhou para ela e viu os seios pequenos, a fragilidade de seus membros, a maciez infantil da pele. Tudo era macio, pálido e delicado, como o aroma sutil de pétalas de flor. As curvas do seu corpo eram brandas, pouco aparentes, apenas sugeridas, e ela era muito franzina, tão lamentavelmente franzina! E isso em si era um estímulo à sua necessidade de tomar conta dela, de lhe dar algo de sua força.

Então, quando ele colocou a mão sobre seu seio, soube que a ansiedade era muito grande e esta era sua maneira de dizer-lhe para, por favor, deixar acontecer agora. Ele sabia que estava pronto para que isso acontecesse, estava intensamente alegre porque ia acontecer. E agora, ao começar, era com uma suave, muito suave e quase dócil pressão, porque ela era delicada e ele não devia machucá-la. Nem o mais leve arranhão ou desconforto, nem a mais leve sugestão de conquista. Porque isso estava inteiramente à parte de uma conquista. Era doação, a maravilhosa e incorrupta doação, e agora, quando ela o recebia, suspirava. Suspirou novamente. E de novo, de novo e de novo.

Ele a ouvia suspirar. Era tudo que ouvia. Além da parede do quarto, a tempestade imprimia-se nas ruas do cais e seu som furioso vinha arquejante aos ouvidos de Cassidy. Mas tudo que ele ouvia eram os dóceis suspiros de Doris.

Depois, na tarde, o temporal atingiu uma intensidade que enegreceu o céu e fez a cidade curvar-se sob a estrondosa chuvarada. Junto ao cais, os barcos pareciam espremer-se contra as docas, como se buscando abrigo. Através da janela que dava para o beco do casario, Cassidy podia ver apenas o escuro e bruxuleante borrão das paredes vizinhas. Sorriu para a chuva e disse-lhe para ir em frente. Estava contente por deitar ali na cama e observar a chuva caindo, apreciando seu som zangado, uma espécie de som frustrado porque não podia apanhar ninguém próximo a ele.

Doris estava na cozinha. Ela tinha sugerido que comessem algo e insistira em preparar o jantar. Prometeu a Cassidy que seria um belo jantar.

Cassidy rolou para fora da cama e foi para o banheiro. Olhou-se no espelho e decidiu melhorar sua aparência para o jantar com Doris. No armário de remédios encontrou uma pequena navalha curva, feita para mulheres. A princípio teve algum problema com ela, mas gradualmente raspou-a no rosto até que os pêlos se fossem. Então encheu a banheira com água morna, enfiou-se ali e sentou-se por um momento. Disse a si mesmo que tinha estado um bom tempo distante de qualquer coisa semelhante a um lar.

Parecia completamente natural para ele que usasse o pente de Doris e seu vidro de lavanda para refrescar os cortes da lâmina no rosto. Parecia inacreditável que até a noite passada ele nunca tivesse sabido que existia uma pessoa assim como Doris.

Então, quando entrou no quarto e começou a se vestir, ocorreu-lhe que deveria ter sabido. De alguma forma deveria ter sabido, deveria estar esperando pela chegada de Doris em sua vida. Disse para si mesmo que ele tinha estado esperando, e esperançado, sofrendo com a esperança. Agora tinha acontecido. Era verdadeiro. Ela estava bem ali na cozinha, preparando-lhe um jantar.

Escutou Doris anunciando que o jantar estava pronto, foi para a cozinha, viu a mesa primorosamente arrumada e aspirou o bom cheiro de um jantar realmente bom. Havia um frango recheado e ela tinha feito biscoitos e aberto um pote de azeitonas. Permaneceu junto ao fogão, sorrindo docilmente e dizendo:

– Espero que esteja bom.

Cassidy foi ao seu encontro. Abraçou-a e disse:

– Você sabia que eu estava faminto, veio aqui e preparou um jantar para mim.

Ela não sabia como responder. Deu de ombros, desconcertada, e disse:

— Bem, claro, Jim. Por que não?
— Você sabe o que isso significa para mim?
Doris baixou a cabeça timidamente.
Ele pôs sua mão sob o queixo dela e suavemente ergueu sua cabeça.
— Isso significa muito. Significa mais do que posso lhe dizer – disse ele.
Ela levou as pontas dos dedos até seus ombros. Olhou para ele e seus olhos estavam arregalados em maravilha. Os lábios mal se moveram quando ela disse:
— Ouça como está chovendo.
— Doris...
— Ouça – disse ela. – Ouça a chuva.
— Eu quero você, Doris.
— A mim? – Ela disse isso mecanicamente.
— Eu quero você – ele disse. – Quero estar com você. Aqui. Quero que isso continue assim. Você e eu.
— Jim – ela murmurou e olhou para o chão. – O que eu posso dizer?
— Diga que está tudo certo.
Ela continuou olhando para o chão:
— Claro que está tudo certo. É... é excelente.
— Mas não é excelente, não é? Você acha que está tudo errado.
Ela levou a mão à cabeça, pressionou os dedos contra a têmpora.
— Por favor, Jim. Por favor, tenha paciência comigo. Estou tentando pensar.
— Sobre o quê? O que está aborrecendo você?
Ela começou a se virar. Ele puxou-a de volta e ela disse:
— Não é justo. Você tem uma esposa.
Ele segurou-a nos braços.
— Escute, Doris. Apenas olhe para mim, me escute

e deixe que eu diga uma coisa. Não tenho vivido com uma esposa. Casado com ela, claro, mas não é uma esposa. Eu lhe direi o que ela é. Ela é uma vagabunda. Uma imprestável vagabunda. E acabei com ela. Ouviu? Acabei, nunca voltarei para ela. Quero ficar bem aqui com você.

Doris encostou a cabeça no peito dele. Não disse nada.

– De agora em diante – Cassidy disse – você é minha mulher.

– Sim – ela suspirou –, sou sua mulher.

– Certo – ele lhe disse. – Está combinado. Agora vamos sentar e comer.

Capítulo 5

Durante a noite uma abrupta mudança do vento carregou as nuvens de chuva embora da cidade e de manhã as ruas estavam secas. Cassidy devia estar na garagem às nove, e enquanto fazia um rápido desjejum com café e torradas, queixava-se a Doris sobre o jeito como a companhia tratava os motoristas, forçando-os a chegar duas horas antes da primeira viagem. Disse que a companhia tinha o diabo da mania de esperar que os motoristas fizessem consertos mecânicos nos ônibus, limpassem a garagem e fizessem todos os tipos de serviços estranhos que não tinham nada a ver com dirigir um ônibus. Mas sua queixa não era séria. Era a típica bílis de manhã de segunda-feira. Após ter dito isso e Doris ter sacudido a cabeça em concordância, esqueceu completamente aquilo e estava mais do que pronto para sair para um dia de trabalho.

À porta, antes de sair, perguntou-lhe quais eram seus planos para o dia. Ela procurou uma resposta adequada, e ele lhe disse que não se importava com o que ela fizesse, desde que ficasse longe da garrafa e do Lundy's Place. Ela prometeu seguir suas ordens. Disse que seria bem melhor para ela dar uma caminhada pela rua do Mercado e talvez pudesse conseguir um trabalho atrás da registradora numa das lojas de departamentos. Cassidy disse-lhe para não se preocupar em conseguir trabalho. Disse que dali em diante ela não teria de se preocupar com coisa alguma. Beijou-a e, quando se afastava da porta, soprou-lhe outro beijo.

No caminho para a empresa de ônibus na rua Arch, passou pela loja de equipamentos de barco onde Shealy trabalhava. Vislumbrou um brilho do cabelo branco através da lâmina de vidro da vitrine e decidiu entrar e dizer bom-dia a Shealy. Por alguma razão desconhecida ele estava ansioso para ter um papo com Shealy, apesar de ele não ter a mínima idéia de que assunto seria.

Shealy estava ocupado com um novo estoque de suéteres para marinheiros e calças de trabalho. Estava trepado numa escada, arrumando a mercadoria numa prateleira superior. Ao som da voz de Cassidy, começou a descer imediatamente, sem olhar para ele. Pôs-se atrás da registradora e preocupadamente colocou as mãos nos ombros de Cassidy.

— Pelo amor de Deus – disse ele a Cassidy –, onde esteve? Todo dia de ontem eu esperei no Lundy's. Imaginei ao menos que você apareceria para me contar o que aconteceu.

Cassidy deu de ombros. – Nada aconteceu.

Shealy recuou para obter uma melhor perspectiva da aparência de Cassidy.

— Nós sabemos que você não foi para casa. Perguntamos a Mildred e ela disse que você não apareceu.

Cassidy virou-se, foi até uma das registradoras ao lado e olhou um modelo de óculos de sombra. Pôs as mãos na beira da registradora, inclinou-se sobre ela e disse:

— Eu estava com Doris.

Então ele esperou e, após alguns momentos, ouviu Shealy dizendo:

— Isto esclarece. Eu deveria imaginar.

Cassidy virou-se. Olhou para Shealy. Ele disse calmamente:

— O que há de errado com você?

Shealy não respondeu. Seus olhos atravessavam os de Cassidy, tentando ver o íntimo de sua mente.

— Tudo bem — Cassidy disse. — Vamos ouvir a triste música.

O homem de cabelos brancos cruzou os braços, olhou por cima do ombro de Cassidy e disse:

— Deixe-a só, Jim.

— Por que boa razão?

— Ela é irremediável. É uma garota doente.

— Eu sei disso — Cassidy disse. — Eis por que não quero deixá-la só. Eis por que estou ficando com ela. — Ele não pretendia expor seus planos completos, mas agora, como Shealy o estava desafiando, aceitou o desafio e disse grosseiramente:

— Não quero voltar para Mildred. Nunca estarei com Mildred novamente. Daqui para a frente você me encontrará vivendo com Doris.

Shealy foi até a escada e olhou para a prateleira superior onde os suéteres e calças de trabalho estavam empilhados. Seus olhos estavam avaliando e ele finalmente pareceu estar satisfeito com a arrumação. Mas continuou olhando a mercadoria no alto quando disse:

— Por que não levar isso mais adiante? Se você está saindo para ajudar todas as pobres criaturas do mundo, por que não procura uma missão?

— Vá para o inferno — disse Cassidy. Ele começou a sair.

— Espere, Jim.

— Espero nada. Entrei para desejar bom-dia e você me vem com agulhadas.

— Você não entrou para desejar bom-dia. — Shealy estava com ele na porta, evitando que a abrisse. — Você entrou porque quer segurança. Você me quer para lhe dizer que está agindo certo.

– Você? Preciso de você para me dizer? – Cassidy tentou um sorriso sarcástico. Tudo que apareceu foi uma carranca quando ele disse: – O que o torna tão importante?

– O fato de eu estar fora disso – Shealy respondeu. – Inteiramente fora do espetáculo. Apenas um simples homem da platéia sentado na segunda galeria. Isto me dá uma visão total. Posso ver de todos os ângulos.

Cassidy escarneceu impacientemente:

– Corte as frescuras, está bem? Fale claro.

– Tudo bem, Jim. Direi o mais claro que puder. Sou apenas uma cabeça bêbada gasta, apodrecendo lentamente. Mas existe uma coisa ainda viva em mim, uma coisa funcionando e me mantendo na linha. São meus miolos. São meus miolos e apenas eles que lhe dizem para ficar longe de Doris.

– Lá vamos nós – Cassidy disse para a parede. – Agora começa com o sermão.

– Eu, fazer sermão? – E Shealy riu. – Não eu, Jim. Qualquer um menos eu. Perdi meu senso de valores morais muito tempo atrás. O credo que mantenho hoje é baseado em simples aritmética, nada mais. Todos podemos sobreviver e seguir adiante se pudermos apenas somar um mais um e conseguir dois.

– O que isso tem a ver comigo e Doris?

– Se você não a deixar só – Shealy disse –, ela não sobreviverá.

Cassidy deu um passo atrás. Cerrou os olhos.

– Vamos, Shealy, vamos descer as escadas. Desça das nuvens.

Shealy cruzou os braços novamente quando se recostou na registradora.

– Jim – disse ele –, antes da noite passada eu nunca tinha visto aquela garota. Mas sentei à mesa e a observei tomar uma dose. Aquilo me disse tudo. Doris tem apenas uma necessidade e é uísque.

Cassidy respirou fundo. Mirou um pontapé no chão e disse:

— Você devia alugar um escritório. Ponha um aviso. Meu nome é doutor Shealy e por cinco notas a consulta eu o ensinarei como limpar sua vida.

— Não posso ensinar nada a ninguém. — Shealy disse. — Tudo que posso fazer é lhe mostrar o que está na frente do seu rosto. — Ele pegou Cassidy pelo braço e o guiou até a vitrine de vidro espelhado. Além da vitrine a rua calçada era um estreito caminho revolto coberto de poeira, limitado pelas decadentes paredes dos prédios. O ar era cinza com a fuligem gasosa do cais.

— Aí está — Shealy disse. — Esta é a sua vida. Minha vida. Ninguém nos arrastou até aqui. Nós mesmos nos arrastamos. Querendo isso. Sabendo que isso era exatamente o que queríamos e onde estaríamos confortáveis. Como porcos que vão para a lama, porque não há nenhuma agressão, é macio...

— É podre — disse Cassidy. — É imundo. Já tive bastante disso. Estou caindo fora.

Shealy suspirou:

— Os sonhos novamente. — Ele sacudiu a cabeça com uma espécie de tristeza. — Estou aqui há dezoito anos e tenho ouvido centenas de sonhos. Todos eles têm sido os mesmos. Estou caindo fora. Estou subindo. Eu a estou levando pela mão e encontraremos a estrada juntos. A brilhante estrada que aponta para mais além.

Cassidy movimentou-se cansadamente e disse:

— O que adianta? Não vou chegar a lugar nenhum falando com você.

Deu as costas a Shealy, foi para a porta, abriu-a e saiu. Estava aborrecido consigo mesmo por ter visitado

Shealy e permitido que o velhote assumisse o papel de conselheiro. Mas, da mesma forma, estava gratificado por saber que rejeitara completamente o ponto de vista de Shealy. Disse a si mesmo que continuaria a rejeitar aquela espécie de pensamento, que o evitaria, fugiria dele, e permaneceria longe. Nesta linha, seria boa idéia ficar longe de Shealy. E certamente iria ficar longe do Lundy's Place.

Era como colocar seus planos na beira de um trampolim, deixá-los saltitar um pouco, fortificá-los e depois deixá-los ir. Eram bons planos, ele sabia, e eles voavam em sua mente. Viu Doris e ele mesmo fazendo as malas e se mudando da estagnação cinzenta do cais. Indo para algum lugar na parte alta da cidade, para um daqueles projetos de moradias de aluguel baixo onde cada casinha tinha um canteiro na frente. Pediria um aumento ao pessoal da companhia e sabia que eles não diriam não. Ele certamente tinha direito a um aumento e justo agora ele os tinha mais ou menos contra a parede. Os motoristas sempre estavam ficando doentes e indo embora, e ultimamente tinham perdido dois bons motoristas, ele era o único que restava de quem podiam realmente depender. Poderia chegar a sessenta por semana e isto era satisfatório, era legal.

A única complicação era o fato de que Mildred poderia criar problemas. Mas havia a possibilidade de ele comprar o silêncio de Mildred, talvez saldar-lhe as prestações até que o divórcio estivesse pronto e acabado. Por pensar nisso, ele talvez conseguisse evitar inteiramente o ângulo financeiro se Haney Kenrick topasse a conta. E havia possibilidades de que Haney estivesse bastante ansioso para fazer isso.

Ele chegou ao final da estreita rua lateral que levava à rua da Frente, que ia desta em direção à Arch. Poucas quadras adiante a rua estava engarrafada com as atividades matinais dos caminhões, mas um pouco abaixo havia um vazio e uma quietude, uma linha descontínua de casas abandonadas e condenadas. Um gato veio correndo atrás de um rato que saía de baixo de uma cerca arqueada e Cassidy parou por um momento para observar a caçada. O rato era quase tão grande quanto seu perseguidor. Estava bastante ansioso para não ser apanhado, mas no outro lado da rua ficou confuso e viu-se acuado entre montes de tijolos. O gato veio, precipitou-se na sua direção e colou-se contra a parede, retesando-se para saltar sobre o rato.

Isso foi tudo o que Cassidy pôde ver, pois justamente então ele sentiu alguma coisa sibilando para ele, como se subitamente o ar próximo a sua cabeça estivesse comprimido e pesado. Mecanicamente, virou a cabeça um pouco, ouviu o silvo e viu a forma retangular passar raspando. Viu o tijolo esmagar-se contra a parede de um armazém abandonado e no mesmo instante girou para ver quem o arremessara.

Ele viu Haney Kenrick tentando correr para dentro de um beco. Seu impulso inicial foi sair atrás de Haney e recomeçar a batalha. A briga de sábado à noite deveria ter acabado com a disputa, mas aparentemente Haney sentiu a necessidade de um rebater continuado. Cassidy deu alguns passos para o beco e então de repente parou, deu de ombros e decidiu que não valia o esforço. De qualquer maneira, Haney devia saber que tinha sido visto e ele apostava que tentaria alguma coisa assim novamente.

Cassidy continuou na direção da rua Arch. Chegando nela cruzou a rua e foi para leste, em direção à Segunda, onde as pessoas esperavam pelo ônibus na esquina. O sol estava alto, cheio e quente, e ele sabia que hoje seria abrasador. Já podia sentir a pressão do sol e ver sua luz intensa batendo com força nas vitrines ao longo da rua Arch. Disse a si mesmo que seria uma idéia sensata checar os pneus traseiros do ônibus. Na semana passada outro motorista tinha saído em um dia quente, a estrada ardente dificultara o caminho e houve um estouro. Quase um grande acidente, e se o ônibus tivesse capotado teria sido muito ruim. Cassidy se repetia isso solenemente. Num dia de temperatura elevada como este, era muito importante checar os pneus. Estava cruzando a rua Primeira e pensando nos pneus quando alguém o chamou.

Era a voz de Mildred. Ele a viu no outro lado da Arch. Estava com as mãos nos quadris, usando uma blusa, saia e sapatos de salto alto. Alguns homens estavam passando ao lado e uns poucos deles arriscaram uma olhada para trás. Outros eram mais descarados e paravam um momento para dar uma olhada. Ela era um grande e esplêndido ornamento parado na esquina da Primeira com a Arch.

– Cassidy – ela chamou, e sua voz era rica e cheia, um projétil sonoro, ardendo contra o calmo zumbido do início de manhã. – Venha aqui. Quero falar com você.

Ele não se mexeu. Disse a si mesmo que falaria com ela quando se sentisse bem e pronto.

– Está me ouvindo? – Mildred chamou. – Venha já aqui. – Cassidy deu de ombros e decidiu que bem podia ir ter com ela agora e acabar com aquilo. Recomendou a si mesmo para ir com muita calma e, não importava o que ela dissesse, não importava do que ela o chamasse, não devia perder sua calma. Fique frio, disse para si mesmo. Apenas fique gélido.

Ele cruzou a rua, aproximou-se e disse:

– O que você quer?

– Fiquei esperando por você aqui.

– E daí?

Ela descansou seu peso num quadril.

– Quero saber por onde você tem andado.

– Ligue para informações.

Seu lábio inferior projetou-se e ela disse:

– Agora, escute, seu canalha...

– Estamos em público – ele disse.

– Foda-se o público.

– Tudo bem, então – disse ele. – Vamos colocar desta maneira. Ainda é muito cedo.

– Para mim não é – Mildred disse. – Nunca é muito cedo para mim.

Ela virou a cabeça, olhou ao redor e ele sabia que ela estava procurando uma garrafa de leite ou qualquer tipo de garrafa, qualquer espécie de míssil pesado.

– Está tudo acabado – ele disse.

Ela piscou algumas vezes:

– O que está acabado?

– A briga. O inferno. Tudo.

Ela o olhou. A determinação estava ali em seu rosto, mas ela não acreditava. Seus lábios se contorceram e ela disse:

– Olhe só para ele, todo calmo e respeitável. Quem o levou à igreja?

– Não foi igreja.

– O que foi?

Ele não disse nada.

Mildred avançou um passo.

– Você pensa que é esperto, não é? Acha que está pondo fim a alguma coisa. Bem, deixe-me dizer-lhe uma coisa ou duas. Não sou tapeada facilmente. Tenho bons olhos e sei o que está acontecendo.

Ela espetou um dedo em seu peito, depois empurrou as duas mãos nele, começou a empurrar novamente, mas ele segurou seus pulsos e disse:

– Acalme-se. Estou avisando, acalme-se.
– Solte minhas mãos.
– Daí você pode me acertar?
– Eu disse para largar. – Ela tentou livrar-se. – Vou arrancar seus olhos. Vou rachar seu rosto no meio...
– Não, você não quer. – A calma mortalmente firme disso a fez parar de se debater e, quando ele libertou seus pulsos, ela não se mexeu. Ele disse: – Vou dizer isso uma vez, você ouvirá e é tudo. Estamos quites.
– Escute, Cassidy...
– Não. Estou falando. Não ouviu? Eu disse que nós estamos quites.
– Você quer dizer que está se mandando?
– Esta é a idéia geral. Quando eu sair do trabalho hoje irei ao apartamento e farei as malas.

Ela estalou os dedos:
– Simplesmente assim?
Ele concordou:
– Assim.
Por um longo momento ela não disse coisa alguma. Apenas o olhava. Então ela disse, calmamente:
– Você voltará.
– Você acha? Sente e espere.
Ela deixou passar esta e disse:
– O que você quer, Cassidy? Quer ver uma demonstração? Eu deveria me desmanchar em lágrimas? Deveria implorar a você para ficar? Me ajoelhar? Porque você, seu... – Ela ergueu o punho, segurou-o à frente dele por um momento e então o deixou cair.
Ele virou-se e começou a se afastar. Ela foi atrás, segurou-o e girou-o.
– Sai fora – ele disse. – Eu disse que é final. Não dá pra ser remendado.
– Dane-se – ela sibilou. – Eu disse que quero isso remendado? Tudo que eu quero é...

– O quê? O quê?
– Quero que você abra o jogo. Quem é?
– Não é este o ponto.
– Você é um mentiroso. – Seu braço subiu e ela o esbofeteou em cheio no rosto. – Você é um imprestável mentiroso. – Ela o esbofeteou novamente, com a outra mão agarrou sua camisa, segurou-o ali e esbofeteou-o uma terceira vez. – Seu bastardo podre – ela guinchou.

Ele esfregou o rosto e murmurou:
– As pessoas estão olhando.
– Que olhem – Mildred urrou. – Que dêem uma boa olhada. – Ela olhou fixo para as pessoas que estavam ao redor olhando. – Para o inferno com vocês – disse a elas.

Uma robusta mulher de meia-idade disse:
– É vergonhoso. É uma desgraça.
– Vá cuidar da sua vida – Mildred disse à mulher. Então ela virou-se para Cassidy e gritou:
– Claro, sou eu. Sou uma vagabunda. Não tenho modos, não tenho nenhuma educação. Sou apenas uma indecente, um rabo de saia. Mas ainda tenho privilégios. Sei que tenho certos privilégios. – Ela investiu contra Cassidy e com ambas as mãos agarrou espessos chumaços de seu cabelo, forçando sua cabeça para trás e gritando: – Tenho o direito de saber. E você vai me contar. Quem é a mulher?

Cassidy segurou-a pelos braços e libertou-se. Deu um passo atrás e disse:
– Tudo bem. Seu nome é Doris.
– Doris? – Ela fixou o olhar para um lado. – Doris? – Então seu olhar alvejou Cassidy. – Aquele nada? Aquela pequena bêbada magrela? – Seu olhar tornou-se confuso e ela disse: – Jesus Cristo, aquela é que é a tal? Aquela é a minha rival?

Cassidy implorou a si mesmo para não acertá-la. Ele sabia que, se a acertasse agora, causaria sérios danos. Mordeu os lábios com força e então disse:

– Eu decidi que quero me casar com Doris. Você vai conceder o divórcio?

Mildred continuou a olhar para ele.

– Você me concederá o divórcio? Responda-me – disse ele.

Ela respondeu. Inclinou-se e seu cuspe se espalhou no rosto dele. Enquanto a saliva escorria por seu rosto, ele a viu se virando e indo embora. Ouviu as pessoas murmurando, algumas delas rindo, e um dos homens disse:

– Uau!

Capítulo 6

No bonde deslizando pelos trilhos quentes que ia para a garagem de ônibus, ele sentou, olhando fixo o chão, sentindo uma espécie de embaraço e imaginando por que estava embaraçado. A coisa com Mildred estava definida e tinha acontecido como ele deveria esperar que acontecesse. Ele certamente não esperava que ela tomasse aquilo com um doce sorriso e um amigável tapinha no ombro, desejando-lhe boa sorte e dizendo que tinha sido legal tê-lo conhecido. Ela reagira no típico estilo Mildred, ele não ficara surpreso então e não podia entender por que estava embaraçado agora.

Talvez não fosse um embaraço. Mas, então, o que era isso? Ele se perguntou se era tristeza. Mas não poderia ser tristeza, não faria sentido. Ele deveria estar feliz. Sua situação agora estava sadia, tinha descoberto algo salutar e decente dentro de si, tinha decidido utilizá-lo, controlá-lo, faze-lo florescer e assim construir uma vida melhor para ele e Doris.

Ele e Doris. Esta não era bem a maneira de colocar isso. Inverter as posições. Doris e ele. Isso era melhor. Isso era apropriado. Uma boa palavra, apropriado. Gostou do sabor dela quando a repetiu em sua mente. Apropriado em letras maiúsculas e sublinhadas. Apropriado que ele tivesse encontrado Doris. Apropriado que ele tivesse visto além do seu alcoolismo, tivesse visto a bondade básica, tivesse sido arrastado em direção a ela, não induzido, não afligido, mas arrastado lenta e conscientemente, como o devoto é arrastado em direção ao santuário. E isto era apropriado. Todos os seus pensamentos, todos os seus planos para Doris e ele mesmo eram inteiramente apropriados. O bonde estava se aproximando da garagem e ele tinha varrido de sua mente o incidente com Mildred na esquina. Estava pensando em termos de Doris e de si mesmo, do quão apropriado isso era e sentia-se bem.

O bom sentimento aumentou quando entrou na garagem e viu o ônibus. Foi até o pequeno vestiário, colocou um macacão e gastou boa parte de uma hora checando os pneus, ajustando o carburador e testando os platinados. Suspendeu o ônibus no elevador, pôs graxa na transmissão e ajustou a embreagem. Então, deslizando para trás sob o ônibus, viu que precisava de novos amortecedores. Falou ao superintendente sobre isso, que o cumprimentou por sua eficiência. No almoxarifado dos fundos, encontrou um novo jogo de amortecedores, colocou-os no lugar e saiu lá de baixo com o rosto enegrecido de graxa e os olhos calmamente felizes.

Lavou o rosto e pôs um uniforme limpo. Na sala de espera, um escriturário estava dizendo aos passageiros que era hora da viagem matinal para Easton. Eles caminharam ansiosamente para o ônibus e Cassidy permaneceu à porta, ajudando-os a entrar. Sorriu para eles e estes corresponderam. Ele tocava em seu quepe cumprimentando as senhoras mais velhas e ouviu uma delas dizendo para a acompanhante:

— Ele é tão educado. É tão bom quando eles são gentis.

Ofereceu a seus passageiros um perfeito passeio até Easton. Não muito rápido, não muito lento, apenas um passeio perfeitamente compassado, com tempo ganho nas amplidões da larga auto-estrada quando não havia muito tráfego, e precaução ao longo da estreita e curvada estrada que margeava o Delaware superior. Havia lugares em que a estrada subia abruptamente ou se dobrava de modo agudo e pedia uma direção experiente. Ele demonstrou a seus passageiros o significado de uma direção realmente experiente. Quando chegaram a Easton, um homem de meia-idade sorriu para ele e disse:

– Você evidentemente sabe como dirigir um ônibus. É a primeira vez que me senti seguro todo o caminho.

Era como se o homem estivesse lhe prendendo uma grande faixa e ele exultou com o sentimento. Sentiu que estava se mantendo direito, que seu peito estava um tanto dilatado e os ombros eretos. Estava naqueles momentos de muito tempo atrás, quando permanecia ao lado do grande avião de quatro motores, tendo atravessado um oceano com certeza e segurança e aterrissando perfeitamente, para ficar ali e observar os passageiros desembarcando. O bom e sólido sentimento de ter realizado uma parte do trabalho e de tê-lo feito bem.

Deu um passo atrás para a porta do terminal de Easton e olhou o ônibus. O maravilhoso ônibus que ele controlava, a compacta reunião de engrenagens, estofados e rodas que lhe davam um serviço para fazer, que lhe ofereciam a oportunidade de trabalhar a cada dia e realmente pertencer ao mundo. Sorriu para o ônibus e em seus olhos havia afeição e gratidão.

À tarde estava terrivelmente quente, quente demais para abril, e pegajoso, quase sufocante. Mas ele não sentia o calor. Dizia a si mesmo que estava um belo dia. De Easton a Filadélfia, a viagem de volta, e então para Easton outra vez, e as horas passaram veloz e suavemente. Sentou-se firmemente atrás da direção e, sem som, falou delicadamente a seu ônibus.

"Agora, vamos pegar este morro... vamos pegá-lo a quarenta... é isto, assim está certo... fazendo a curva agora... calma... perfeito... agora outra curva... você está estalando, garoto... você está fazendo legal... você é um ônibus danado de bom, é a melhor coisa sobre quatro rodas..."

Do pára-brisas viu o verde primaveril dos campos e montes, o brilho amarelo-esverdeado sob o sol. Uma sucessão de maravilhosos aromas pastorais veio flutuando na sua direção e ele cheirou a madressilva, a violeta, a forte fragrância das folhas de menta. Os deliciosos aromas de primavera no vale do Delaware. Olhou para o prateado do rio reluzindo ao sol, com as brilhantes encostas verdes ao fundo, a praia de Jersey. Era a espécie de visão que sempre tentavam colocar em telas, ou capturar com uma câmera. Mas não podiam ver isso da maneira que ele via. Ele a via de uma maneira que colocava o sabor do néctar em sua boca. Sentia tudo com o elevado e sinuoso sentimento de saber plena e claramente que depois disso, e à parte qualquer coisa, realmente havia alguma coisa pela qual viver.

Era como uma nobre contradição contra todas as coisas negativas, podres e sórdidas. Era a autêntica substância da esperança e a tranqüila força negando calmamente a fuligem e a ruína das paredes dos prédios e das ruas calçadas junto ao cais de Filadélfia. Aqui em cima, junto aos montes e vales, o significado de tudo isso era para frente e para o alto, limpo, brilhante e sereno. Declarou calma mas decididamente que, de fato, havia tesouros a serem encontrados nesta terra, tesouros que não exigiam nenhum pagamento e nenhum esforço além do esforço de vê-los e saber o que significavam.

Cassidy olhou para os campos, para o rio. O plácido Delaware. O mesmo Delaware que fluía pelo cais de

Filadélfia. Junto aos ancoradouros comerciais era um rio imundo e tinha um fedor que eles chamavam de "aquele miserável cheiro do rio". Parecia quase impossível que este fosse o mesmo Delaware. Era como se o rio lá atrás fosse o rio não apenas de um lugar diferente, mas de um tempo diferente. Como se esta cena do Delaware superior representasse um avanço de tempo. Como se o Delaware entre Filadélfia e Camden fosse algo distante, algo de muito tempo atrás, há muito morto.

Ele disse para si mesmo que realmente estava morto. Tanto quanto lhe dissesse respeito, era história passada, a espécie de história que não merece ser lembrada. Não eram mais ruas, mas uma fileira pavimentada de covas onde todos eles estavam enterrados, e toda a gritaria, as maldições e os sons surdos dos punhos e vidros quebrados estavam sufocados. Estava acabado, estava feito, e seria esquecido rapidamente. Como alguém que passa por um cachorro morto na rua, estremece à visão, sente pena por um instante e então prossegue e esquece aquilo.

Não lhe custaria muito esquecer o Lundy's Place. E Pauline e Spann. E Shealy e todos os outros. Disse a si mesmo para incluir Mildred. Tudo bem, isso era fácil. Mildred estava incluída. Claro que ela estava incluída. Por que não? Por que, diabos, não? Era um sincero prazer incluir Mildred. O processo de esquecê-la seria como emergir da algazarra, do rugido e do calor cegante de uma sala de caldeiras e encontrar um lugar tranquilo e limpo, ar fresco.

Porque Mildred era apenas parte de um intervalo, isso era tudo. Um intervalo de degradação, no qual ele voluntariamente tinha se rebaixado, repudiando morbidamente cada elemento nobre do seu ser. Da mesma maneira que tinha se afogado no álcool para se punir, se casara com Mildred no desejo louco e ardente de contaminar seu espírito casando-o com uma piranha boca-suja da beira do cais. O casamento em si era uma piada, um episódio bizarro que poderia ter se passado numa farsa teatral. Relembrando o momento do casamento, o exato momento em que ele tinha posto o anel no dedo de Mildred, era como relembrar as vívidas cores e grotescas formas na capa de uma revista de terror. O pálio era fogo e o piso era carvão em brasa. Havia aias e elas usavam cetim vermelho brilhante colado à pele e tinham chifres. A noiva era dada em matrimônio por uma esguia monstruosidade escarnecedora que ficava picando o noivo com um imenso garfo de três pontas. O noivo sorria e dizia ao magriço para continuar, que estava bem.

A estrada fazia uma curva na frente do pára-brisas e o lado de uma colina surgiu íngreme e bloqueou a vista que Cassidy tinha do rio. A colina estava coberta com dentes-de-leão e margaridas. Era uma bonita colina e, então, quando seus olhos se dirigiram para cima ao longo da encosta, viu o grande painel de anúncio dizendo a todo mundo para abrir os olhos e beber uma certa marca de uísque.

Às oito e quarenta, quando Cassidy completou sua viagem final de Easton, o céu estava escurecendo e a lua tinha saído cheia e brilhante. Quando saltou do bonde na Primeira com a Arch, experimentou a suavidade da noite, sentiu a brisa que parecia agir como um agente purificador contra o calor viscoso. Decidiu que seria uma boa idéia apanhar Doris para uma caminhada no parque.

Partiu rumo à casa de Doris, pensando em como seria bom eles jantando juntos. É possível que ela tivesse cozinhado outro bom jantar para ele, mas, se não, ele a levaria a um bom restaurante, iriam ao parque Fairmont e caminhariam ao redor da fonte próxima ao caminho do museu. Caminhariam um pouco e quando ficassem cansados sentariam em um banco e desfrutariam a brisa noturna.

Mas primeiro, antes do jantar, ele encheria a banheira com água, entraria e usaria um monte de sabonete. Ele evidentemente precisava de um banho. Sob o uniforme de motorista, seu corpo estava empastado de suor e fuligem. Antecipou o prazer do banho, de se barbear e então colocar uma camisa limpa...

Estalou os dedos, lembrando que todas as suas roupas e coisas estavam no quarto do apartamento da outra. Perguntou a si mesmo se Mildred estaria lá agora. Disse a si próprio que não importava se estivesse ou não. Dane-se, ele tinha o direito de apanhar suas roupas. Mas talvez ela começasse a brigar novamente, e ele certamente não queria aquilo. Sua boca cerrou-se. Se ela soubesse o que era bom para ela, não iniciaria outro rebuliço. Havia limites para o que ele poderia suportar daquela vagabunda imprestável. Como estava, já tinha suportado demais na esquina naquela manhã. Se começasse com ele esta noite, acabaria enrolada em ataduras. Em frente, deixe-a começar. Deixe-a ficar lá, esperando por ele. Apenas deixe ela começar algo.

Ele caminhava mais rápido, não compreendendo que de fato esperava que ela estivesse lá, querendo começar algo. Quando entrou no edifício, tinha os punhos cerrados. Subiu depressa a escura escada, escancarou a porta e invadiu o apartamento.

A sala estava no mesmo estado de desordem. Ou ela tinha detonado outra festa ou não tinha movido um músculo para limpar o naufrágio de três noites atrás. Chutou uma cadeira para o lado, caminhou para o quarto e foi até o roupeiro. De repente parou para olhar um cinzeiro.

O cinzeiro estava numa mesa ao lado da cama. Ele olhou para o toco de charuto no cinzeiro. Então viu os lençóis revirados na cama, e um dos travesseiros no chão.

Bem?, ele perguntou-se. E daí? O que importava? Não era bom nem pensar a respeito. Claro que ele não estava nem um tiquinho zangado com isso. Claro que não. Por que estaria? Da maneira que as coisas estavam agora, ela tinha todo o direito de fazer como bem entendesse. Se ela queria convidar Haney Kenrick para subir e pular na cama com aquele porco gordo seboso, então tudo bem. Deixe Haney dar-lhe presentes, dinheiro, todas as bobagens que ele quisesse pagar.

Cassidy afastou-se da cama e foi até o roupeiro. Disse a si mesmo para apressar-se, apanhar suas coisas e cair fora.

Ele abriu a porta do roupeiro. Estava vazio. Ficou ali, piscando. O roupeiro deveria conter três ternos, alguns abrigos e uns poucos pares de sapatos. A prateleira de cima deveria exibir, no mínimo, uma dúzia de camisas e um igual número de calções e algumas meias e lenços.

Mas nada disso estava lá. Apenas um roupeiro vazio.

Então ele viu a tira de papel enganchada em um cabide. Apanhou-a e viu a caligrafia dela. Leu o recado meio alto: "Se você quer suas roupas, vá dragar o rio".

Cassidy esmagou o bilhete. Ergueu o braço e arremessou a bola de papel no chão. Mirou um pontapé na porta do roupeiro e quando esta se bateu ao fechar, algumas farpas voaram da madeira rachada.

Girou e viu a porta do outro roupeiro, aquele em que ela guardava suas roupas. Cabeceou bufando, cruzou o quarto, dizendo a si mesmo que boa diversão ele teria rasgando até o último vestido em pedaços com suas mãos nuas.

Escancarou a porta e o roupeiro estava vazio. O vazio do roupeiro era como um rosto zombando dele. E então viu outra tira de papel, também enganchada num cabide. Apanhou-a e a leu num sussurro sibilante. Eram apenas três palavras, a do meio sendo o verbo favorito dela.

A tira de papel escorregou de sua mão. Por alguma inexplicável razão, a raiva também se esvaiu e tudo o que ele sentia era uma estranha espécie de tristeza. Contida nela estava uma dose de autopiedade. Ele estava dizendo a si próprio que alguns tolos podem pensar que isso é engraçado. Mas não havia nada de engraçado num homem perdendo até a última maldita linha das roupas que possuía.

Olhou para o chão e sacudiu a cabeça lentamente. Que truque barato. Que coisa suja, podre, vergonhosa para se fazer. Pelo amor de Deus, se ela queria se vingar dele, poderia ter tentado alguma coisa mais, não poderia? Ou pelo menos poderia lhe ter deixado uma camisa para pôr nas costas, apenas uma camisa.

Então a raiva voltou rugindo novamente e ele sacudiu a cabeça para todos os lados e viu a penteadeira. Ele estava pensando nos vidros de água de toalete, nos potes de cremes, na *lingerie,* qualquer coisa. Qualquer coisa em que pudesse pôr as mãos.

As gavetas da penteadeira estavam vazias. O vazio da última gaveta foi demais para ele e puxou-a toda para fora, atirando-a no quarto. Ela passou voando pela porta até a sala de estar e se despedaçou numa mesa.

Caiu fora, disse para si mesmo. Jogou todas as roupas dele no Delaware e então apanhou todas as coisas dela e caiu fora. Ele disse a si mesmo que a melhor coisa para ela agora era estar num trem saindo da cidade, porque ele jurava que se ela estivesse em qualquer lugar na vizinhança e ele a pegasse....

A raiva impotente quase o sufocou quando ele saiu do apartamento e começou a descer as escadas. Quando deixou o prédio e saiu para o ar da noite, seus punhos coçavam com a necessidade de bater em alguma coisa. Virou uma esquina e estava dizendo a si mesmo para procurar Shealy. Pediria que Shealy abrisse a loja de velas e lhe vendesse algumas roupas. Ele sabia que Shealy estaria no Lundy's Place, porque ele sempre estava no Lundy's Place depois do horário de trabalho.

Cassidy desceu a rua das Docas e foi ao Lundy's. Sabia que tinha pressa e não podia entender por que não estava se aligeirando. Compreendeu em cheio que estava caminhando lentamente, quase com cautela. E então a escuridão da rua ficou agudamente nítida para ele. E a calma da rua tinha uma certa pressão, quase um peso que ele podia sentir nas costas. A sensação cresceu e gradualmente tornou-se o conhecimento definido de perigo próximo.

Ele não tinha nenhuma idéia do que era. Ou por que estava acontecendo. Mas tão evidente quanto ele tinha dois pés no chão, sabia que eles estavam atrás dele e que ia ser atacado.

Exatamente quando ele chegou a essa conclusão, começou a virar a cabeça para olhar para trás. Naquele momento eles o atacaram. Ele sentiu o contato arrasador de algo muito duro caindo sobre seu ombro e compreendeu que tinha errado seu crânio por centímetros. Esquivou-se, girou e viu os três.

Eram três homens grandes, desajeitados durões do cais. Um deles era muito alto, completamente calvo e tinha mãos enormes. Outro era talhado como um bloco de granito e tinha o nariz amassado e orelhas torcidas. O terceiro homem era muito baixo, muito largo e carregava um pedaço de cano. Cassidy não conhecia nenhum deles. Tudo que sabia era que havia três deles e alguém lhes pagara para fazer um serviço nele.

O pedaço de cano veio zunindo novamente para sua cabeça e ele girou para um lado. Não estava pensando no cano. Estava pensando nas suas roupas no fundo do Delaware, no truque sujo que armaram para ele e no fato de que apenas alguns minutos atrás ele estava desejando poder bater seus punhos em algo. Viu o cano vindo uma vez mais e, em vez de tentar escapar dele, estendeu o braço, agarrou-o, prendeu-o, puxou-o e tomou-o do homem atarracado. Cassidy brandiu o pesado cano no ar.

Os dois homens mais altos vieram para ele dos dois lados, mas ele não prestou nenhuma atenção e caminhou para o baixinho atarracado, golpeou-o com o cano, acertando-lhe o pesado objeto nas costelas. Ele deixou escapar um grito agudo, dobrou-se e desfaleceu. O outro homem estava próximo, girando para Cassidy, e o careca grandalhão acertou-lhe uma porrada esmagadora no fronte. Cassidy soltou o cano quando caiu para trás e a lua cheia acima de seus olhos tornou-se uma cópia de várias luas de diferentes cores. Disse a si mesmo que não podia estar tão mal, ele ainda não estava disposto a cair fora. E tratou, de alguma maneira, de se manter em pé.

Arreganhou os dentes para os dois homens quando eles avançaram. Então, quando vieram rapidamente, investiu contra eles e disparou sua mão esquerda como um pistão, apanhando o careca no olho. E novamente. E tentando livrar-se do careca depressa, pois o problema principal era o outro homem, o homem com nariz amassado e orelhas torcidas. Aquele era um profissional. Aquele tinha estado no ringue, em sabe-se lá quantos ringues, como o rosto destruído atestava. Mas ainda podia se movimentar e se livrar. E ainda podia agredir.

O careca tentou se esquivar dos socos continuados de Cassidy quando este girou escapando do avanço arrastado do homem de nariz amassado. Cassidy ameaçou com a direita, lançou a esquerda novamente, depois chegou muito perto para detonar com a direita de modo a atingir sólida e esmagadoramente a curva da mandíbula bem abaixo da orelha. O careca ergueu os braços lentamente, abriu os dedos e caiu sem sentidos.

Naquele mesmo instante o homem de nariz amassado lançou um gancho de esquerda que apanhou Cassidy abaixo do coração e o derrubou. O homem arreganhou os dentes para ele e gentilmente convidou-o a erguer-se. Cassidy começou a se levantar, o homem curvou-se, apanhou-o por baixo dos braços e o ajudou, depois botou-o a pique novamente com um gancho de direita na cabeça.

O baixinho atarracado tinha se levantado e apanhado o cano. Com a outra mão, segurava as ardentes costelas quebradas enquanto avançava e dizia:

– Agora deixe ele comigo.

– Não – disse o boxeador, escarnecendo. – Este é meu.

– Você está brincando com ele – o homem gorducho disse.

– Brincando? – O boxeador abaixou-se para levantar Cassidy do chão. – Eu não diria isso. – Estava segurando Cassidy de pé e nem sequer olhava para ele. – Eu acho que estou fazendo um belo trabalho.

Mas era muito irregular. O boxeador estava dando como certo. Cassidy armou um golpe baixo de direita que foi, intencionalmente, muito baixo. A boca do boxeador escancarou-se. Um grito surgiu.

– Oh, não! – gritou o boxeador, afastando-se com as mãos pressionadas contra o corpo. – Oh, Deus, não.

Então o boxeador sentou-se na sarjeta, gritou, soluçou e disse que estava morrendo. O homem atarracado deu um passo ensaiado em direção a Cassidy, viu-o inteiro e pronto para ele e decidiu que não era bom se arriscar. O homem atarracado soltou o cano, começou a afastar-se caminhando rápido e então correu.

Na sarjeta, o boxeador tinha parado de gritar. Os soluços estavam gradualmente sumindo. Cassidy agarrou-o e disse:

– Quem pagou vocês?

– Não posso falar. Dói demais.

– Apenas me diga o nome.

– Não posso falar.

– Escute, John...

– Oh, deixe-me em paz – o homem soluçou.

– Você vai falar, John. Você vai me dizer o nome dele ou nós vamos à polícia.

– Polícia? – O boxeador esqueceu de soluçar. – Ei, olhe, me dá um tempo.

– Tudo bem. Apenas me dê o nome dele.

O boxeador retirou as mãos das virilhas. Inspirou profundamente, a cabeça atirada para trás. Ele disse:

– Chama-se Haney. Haney Kenrick.

Cassidy se afastou. Caminhou rápido pela rua das Docas na direção do Lundy's Place.

Quando entrou no Lundy's, viu Pauline, Spann e Shealy na mesa deles no canto mais afastado. Abriu caminho até a mesa e os viu olhando pra seu rosto. Limpou algum sangue dos lábios e sentou-se.

– Quem atacou você? – Spann perguntou.

– Não importa – Cassidy disse. Olhou para Shealy. – Faça-me um favor. Preciso de algumas roupas. Você tem alguma coisa do meu tamanho na loja?

Shealy levantou-se:

– Devo trazer aqui?

Cassidy concordou:

– Se eu não estiver por aí quando você voltar, deixe-as com Lundy. Traga algumas camisas, calças, um vestuário completo. Eu lhe pagarei na sexta.

Shealy pôs as mãos nas costas e olhou para a mesa:

– Poupará tempo se eu simplesmente levar para Doris.

– Você fica longe de Doris – disse Cassidy. Seu olhar deslocou-se e incluiu Pauline e Spann. – Todos vocês, fiquem longe de Doris.

– O que está acontecendo aqui? – Pauline perguntou.

– Uma reforma – Shealy murmurou.

– Agora, olhe – Cassidy disse para Shealy. – Estou com pressa e não quero uma discussão. Você vai me conseguir algumas roupas ou não?

Shealy concordou. Sorriu tristemente para Cassidy, deixou a mesa e saiu do Lundy's Place.

Cassidy voltou-se para Spann:

– Diga-me uma coisa. Apenas uma coisa. Onde Haney mora?

Spann começou a abrir a boca. Mas Pauline estava com a mão no braço de Spann e disse:

– Não lhe diga. Olhe para seus olhos. Ele vai acabar se metendo num monte de problemas.

Spann olhou para Pauline:

– Fique quieta – disse ele.

– Mas olhe para seus olhos...

– Eu disse para ficar quieta. – Spann fez um gesto curto e rápido com o dedo indicador.

Pauline levantou-se da mesa. Afastou-se na sala e tropeçou em outra mesa. Sentou-se em cima dela e olhou de lado para Spann e Cassidy.

Spann estava dizendo:
— Ela está certa. Você parece mal.
— Onde Haney mora?
— Você parece muito mal, Jim. Posso lhe dizer que não está pensando. Você está num estado mental grave. — Spann serviu uma dose e empurrou-a para Cassidy.

Cassidy olhou para a bebida. Começou a empurrá-la para um lado. Então, muito rapidamente, como se para acabar com a história, ergueu o copo e entornou a bebida garganta abaixo. Baixou o copo, olhou para ele e disse:
— Você vai me contar?
— Se tiver certeza que você não vai se meter numa enrascada.

A bebida foi eficaz. Cassidy relaxou um pouco e disse:
— Tudo que eu quero é ter uma conversinha com Haney.

Spann acendeu um cigarro. Aspirou profundamente e, quando falou, a fumaça veio em pequenas nuvens:
— Você quer Haney preso? Quer a coisa arranjada para que ele deixe a vizinhança? Deixe-me fazer isso. Posso fazer esse arranjo.
— Não, não dessa maneira. Não da sua maneira. — E exatamente quando Cassidy dizia isso, Spann estava examinando um longo e fino canivete que tinha, aparentemente, flutuado de algum lugar para sua mão.
— Nada sério — Spann disse. — Apenas entalhe-o um pouco. Apenas para dar a ele a idéia geral.
— Não — Cassidy disse.

Spann olhou afetuosamente para a lâmina da faca:
— Não lhe custará um centavo. — Brincou com a faca para a frente e para trás uma polegada e tanto sobre a mesa. — Tudo o que vou fazer é deixá-lo provar isso,

isto é tudo. Depois ele não vai querer saber de qualquer espécie de problema. Isto vai garantir que ele fique afastado de Mildred?

Cassidy fez uma carranca.

– Quem disse que eu queria isso?

– É esse o problema, não é?

– Esse não é nem de perto o problema – Cassidy disse. – O problema sou eu. Hoje ele tentou duas vezes me pôr no hospital. Talvez mesmo no necrotério. Tudo que eu quero fazer é descobrir por quê.

Spann ergueu as sobrancelhas apenas um pouco.

– Por quê? Isso é fácil de entender. Ele sabe que você anda feito louco atrás dele desde essa coisa com Mildred. Acha que você anda por aí para pegá-lo. Ele acha que vai te pegar primeiro.

Cassidy sacudiu a cabeça:

– Não, Spann. Não é dessa maneira mesmo. Ele sabe que acabei com Mildred. Por tudo que me diz respeito, ele pode tê-la todo dia e toda noite. Qualquer um pode tê-la.

– Você quer dizer isso mesmo?

– Quer que eu assine um documento? Claro que quero dizer isso.

– Sim? Realmente?

– Pelo amor de Deus. – Cassidy serviu uma dose e entornou-a. – Ouça, Spann. Arranjei uma nova mulher...

– Sim – Spann disse. – Já sei de tudo. Shealy nos contou. – Ele sorriu para Cassidy. – É do jeito que eu gosto delas. Esguias. Muito esguias. Como uma vara. Como aquela bem ali. – Ele oscilou o polegar para trás, indicando Pauline. – Eu não sabia que você gostava delas assim. Como foi com ela?

Cassidy não respondeu. Olhou para a garrafa sobre a mesa. Avaliou que havia mais três doses na garrafa. Teve vontade de tomar as três doses num longo gole.

— Quando elas são mesmo esguias – Spann disse –, é como com uma serpente. Elas meio que se enroscam, não? Deixam suas pernas enroscando-se, meio assim. Esguias como uma serpente e enroscando. Isso mexe comigo. Quando elas se enroscam. O enroscar. – Ele esticou-se um pouco em direção a Cassidy. – Doris faz dessa maneira?

Cassidy continuou olhando para a garrafa.

Spann disse:

— Vou lhe contar como Pauline faz. Ela se estica para trás e segura firme na cabeceira da cama, então ela...

— Ora, entupa-se. Eu lhe perguntei onde Haney mora.

— Oh, isto – Spann disse, o cérebro como uma tela na qual uma serpente se enroscava e o rosto da serpente era o rosto de Pauline. – Oh, claro. – Ele mencionou rapidamente o endereço de Haney Kenrick e continuou: – E assim que ela faz. Ela...

Cassidy estava em pé e distante da mesa. Atravessou a sala rápido e saiu pela porta da frente.

A casa de cômodos onde Haney vivia era um prédio de quatro andares na rua Cherry, sem escada de incêndio. A proprietária olhou confusamente para Cassidy quando ele apareceu na porta. Era uma mulher muito velha que fumava ópio e Cassidy era apenas um borrão insignificante diante de seus olhos.

— Sim – disse ela –, o senhor Kenrick paga seu aluguel.

— Eu não lhe perguntei isso. Em que quarto ele está?

— Ele paga seu aluguel e não aborrece ninguém. Sei que paga o aluguel porque sou a proprietária. Paga o aluguel e é melhor pagá-lo ou tem que se mandar. Todos eles. Ponho todos eles para fora.

Cassidy abriu caminho passando pela proprietária e foi pelo estreito vestíbulo que dava para a sala de estar. Dois velhos estavam sentados ali. Um deles estava lendo um jornal grego e o outro estava sonoramente adormecido. Cassidy falou para o rosto idoso por trás do jornal grego:

– Em que quarto está o senhor Kenrick?

O velho respondeu em grego. Mas exatamente nesse momento uma garota em seus recentes vinte anos desceu a escada e, sorrindo para Cassidy, disse:

– Você está procurando por alguém?

– Haney Kenrick.

A garota enrijeceu. Seus olhos ficaram hostis.

– Você é um amigo dele?

– Não exatamente.

– Bom – disse a garota –, isto soa bem para mim. Desde que você não seja amigo dele. Eu o odeio. Odeio aquele homem. Você tem um cigarro?

Cassidy deu-lhe um cigarro, acendeu-o e ela disse que o quarto de Haney Kenrick era no terceiro andar, o quarto dos fundos.

Ele subiu as escadas até o terceiro andar e chegou no vestíbulo. Tudo estava sossegado e, quando ele se aproximou da porta do quarto dos fundos disse para si mesmo para ser cuidadoso. Perguntou-se se seria possível usar o método da surpresa. Com aquele método ele teria uma clara vantagem. Sem ele, havia a possibilidade real de que Haney estivesse preparado e, certamente, não era impossível que Haney contasse com alguma espécie de arma.

Cassidy estava na porta. Tinha a mão na maçaneta. Virou-a, virou-a cuidadosamente, muito lentamente. Ouviu o leve som conhecido que significava que a porta não estava chaveada. Então a maçaneta girou toda, a porta abriu e ele pulou para dentro do quarto.

Olhou para Haney Kenrick.

Haney estava na cama, o rosto caído, as pernas balançando para o lado, os pés tocando o chão. Os ombros estavam sacudindo e ele parecia estar em meio a um ataque de riso. Então ele se voltou e olhou para Cassidy. Seu rosto estava banhado em lágrimas e os lábios estremeciam em soluços desesperadores.

– Tudo bem – Haney disse. – Então você está aqui. Então você veio para me matar. Vá em frente, me mate.

Cassidy bateu a porta. Atravessou o quarto e sentou-se numa cadeira próxima à janela.

– Eu não me importo – Haney soluçou. – Não me importo com o que acontecer.

Cassidy recostou-se na cadeira. Observou o corpo de Haney estremecendo na cama. Ele disse:

– Você parece uma mulher.

– Oh, Deus, Deus. Eu gostaria de ser uma mulher.

– Por que, Haney?

– Se fosse uma mulher, isso não me aborreceria.

– Aborrecer você? O que aborrece você?

– Oh, Deus – Haney soluçou. – Não me importo de morrer. Quero morrer.

Cassidy pôs um cigarro na boca. Acendeu-o e sentou-se fumando e escutando os soluços de Haney. Após um instante, ele disse delicadamente:

– Seja o que for, acho que é muito mau.

– Eu não posso suportar isso – Haney resmungou.

– Bem – Cassidy disse –, seja o que for, não quero que você venha descontar em cima de mim.

– Eu sei, eu sei...

– Quero ter certeza de que sabe. É para isso que estou aqui. Esta manhã tive um tijolo jogado em minha cabeça. Esta noite estou na rua das Docas e sou atacado. Você os pagou para fazer completo.

Haney sentou-se na cama. Apanhou um lenço do bolso, limpou os olhos e assoou o nariz:

– Acredite em mim – disse ele –, juro que não tenho nenhum rancor contra você. E só que, não sei, esses dois últimos dias têm sido um inferno, isto é tudo. – Ele rolou para fora da cama e fez um esforço para arrumar a gravata. Seus dedos estavam tremendo e não conseguiam chegar a nada com ela. Os braços soltaram-se amolecidos e ele suspirou e baixou a cabeça.

– Homem – Cassidy disse –, você é certamente um caso triste.

– Vou lhe contar uma coisa. – A voz de Haney estava sem tom, em exaustão emocional. – Nas últimas quarenta e oito horas não coloquei nem uma grama de comida no estômago. Toda vez que tentei comer, me engasguei.

– Tente um cigarro – Cassidy disse. Deu um cigarro para Haney. Este tremeu violentamente nos lábios de Haney e eles usaram três fósforos antes de acendê-lo.

Haney tragou convulsivamente e disse:

– Sabia que ia acontecer. Pedi isso e consegui. Oh, se consegui. Estou conseguindo. – Ele tentou sorrir pesarosamente, mas em vez disso seu rosto contorceu-se e tornou-se a careta de uma criança aprontando-se para chorar. Tratou de controlar-se e disse: – Posso falar com você, Jim? Posso lhe contar o que ela está fazendo para mim?

Cassidy concordou.

– Por outro lado, também – Haney disse –, talvez seja melhor que não. Talvez seja melhor eu manter minha boca fechada.

– Não – Cassidy disse. – Está tudo bem para mim se você falar.

– Tem certeza, Jim? Afinal de contas, ela é sua esposa. Eu não tenho nada a ver...

– Escute, está me ouvindo? Disse que está tudo bem. Tentei deixar claro que está tudo acabado comigo e Mildred. Eu lhe disse isso no Lundy's e pensei que tivesse sido claro.

– Então você realmente acabou com ela?

– Sim – Cassidy disse alto. – Sim, sim. Acabado. Terminado.

– Ela sabe disso?

– Se não sabe disso até agora – Cassidy disse –, tentarei jogando pedras nela.

Haney tirou o cigarro da boca, olhou para ele, fez uma cara torta e disse:

– Não sei. Não consigo entender isso. É isso que está me deixando com a pulga na orelha. Essa é a primeira vez na minha vida que tenho um desgosto. Tive todas as espécies de mulheres e elas me deram todos os tipos de problema. Mas nunca uma coisa assim. Nem perto disso.

Cassidy sorriu dissimuladamente. Pensou no toco de charuto no cinzeiro, nos lençóis amarrotados, no travesseiro no chão e disse:

– Não vejo por que você está chorando de tristeza. Você está conseguindo, não?

– Conseguindo? – Haney exclamou. – Conseguindo o quê? – Ele abriu os braços. – Conseguindo dores ardentes no estômago. Conseguindo me quebrar. Eu lhe digo, Jim, ela está me ralando. Ela está me ralando.

– Você quer dizer que ainda não conseguiu?

– Aqui está o que consegui – Haney disse, e desabotoou a camisa e mostrou o ombro nu. Três arranhões vermelhos brilhantes de unhas estendiam-se a partir do ombro quase até o centro do peito.

– Melhor colocar alguma coisa nisso – Cassidy murmurou. – Estes arranhões são profundos.

— Eles não doem — Haney disse. — Aqui é que dói. Aqui dentro — e tentou indicar sua alma, seu orgulho, ou o que quer que fosse que ele valorizasse dentro de si mesmo. — Eu lhe digo, Jim, ela está arrasando comigo. Está me arruinando. Me deixa ligado até que eu fique em fogo. Então me empurra para longe. E ri. Isso é o que dói mais em tudo. Quando ela olha para mim e ri.

Cassidy tragou seu cigarro. Deu de ombros.

— Jim, diga-me. O que eu devo fazer?

Cassidy deu de ombros novamente:

— Fique longe dela.

— Não posso. Simplesmente não posso.

— Bom, isso é com você. — Cassidy levantou-se da cadeira e foi para a porta. — A única coisa que posso dizer é que espancar meus miolos não vai resolver seu problema.

— Tudo bem, vamos esquecer isso. — Cassidy virou-se, abriu a porta e saiu. Quando atravessou o vestíbulo e foi para a escada, disse para si mesmo que estava resolvido. Mas quando começou a descer os degraus, sentiu-se desconfortável. Por alguma nebulosa razão ele se sentia muito desconfortável. Era um obscuro e melancólico sentimento, como se ele pudesse ver uma sinistra força disforme se estendendo para tocá-lo.

Garantiu a si mesmo que o sentimento iria embora, logo ele estaria com Doris e ficaria muito bem. Tudo estaria muito bem assim que ele estivesse com Doris.

Os nós dos seus dedos arranharam levemente a porta. Doris abriu-a. Ele entrou na sala e tomou Doris nos braços. Baixou a cabeça para beijá-la e naquele instante sentiu a bebida em sua respiração. No instante seguinte, viu um grande pacote de papel de embrulho no chão. Seus olhos se fecharam e ele começou a respirar forte. Afastou os braços de Doris. Estava olhando para o pacote.

Ela acompanhou seus olhos até o pacote e disse:
– O que está errado, Jim? Qual é o problema?
Ele apontou para o pacote:
– Shealy trouxe isso?
Doris concordou.
– Disse que você precisava de algumas roupas.
– Eu disse para o Shealy não vir aqui. – Foi até o pacote, chutou-o e este caiu de lado. Chutou novamente, voltou-se para Doris e olhou para ela.

Ela estava sacudindo a cabeça lentamente.
– O que é isso? O que está aborrecendo você?
– Eu disse para aquele grisalho idiota ficar longe daqui.
– Mas por quê? Não entendo.

Cassidy não respondeu. Virou a cabeça e olhou para a porta da cozinha. Na mesa havia uma garrafa semivazia e um par de copos.

Chamou Doris.
– Venha até aqui. – Dê uma olhada. Aí você vai entender.

Ela entrou na cozinha e viu-o apontando para a garrafa e os copos. O dedo apontado descreveu um arco até que apontasse acusadoramente para ela.
– Não durou muito para você – ele disse.

Ela interpretou mal o que ele quis dizer. Seus olhos estavam arregalados com uma frenética negação quando disse:
– Oh, Jim, por favor. Não tenha uma idéia errada. Tudo que Shealy e eu fizemos foi tomar algumas doses, só isso.

Os olhos dele estavam faiscando:
– De quem foi a idéia?

— De fazer o quê?
— De beber, de beber. Quem abriu a garrafa?
— Eu abri. — Os olhos dela permaneceram arregalados e ela ainda não tinha idéia alguma de por que ele estava zangado.
— Você abriu — disse ele. — Apenas para ser educada, é isto? — Seu braço avançou, segurou a garrafa e a mostrou a ela. — Isso não estava aqui quando saí de manhã. Shealy a trouxe, não foi?

Ela concordou.

Cassidy colocou a garrafa na mesa. Saiu da cozinha e logo estava na porta da frente, a mão girando a maçaneta. Estava com a porta aberta, pronto para cair fora, quando sentiu os dedos dela agarrando sua manga.

— Me deixa ir! — disse ele.

— Jim, não, por favor, não. Você não deve se comportar assim. Shealy fez bem. Trouxe uma garrafa porque sabe que preciso dela.

— Ele não sabe de coisa nenhuma —, Cassidy rosnou. — Pensa que sabe. Pensa que está lhe fazendo um favor, segurando você e a puxando pra baixo. Encharcando você com uísque. Vou lá agora pra avisar que se não ficar longe daqui...

Doris continuou agarrada a sua manga. Com uma violência de que não se deu conta, empurrou-a longe, ela cambaleou para trás e caiu no chão. Seus lábios estremeceram e ela sentou-se no chão esfregando o ombro.

Cassidy mordeu forte o lado da boca. Viu que ela não ia chorar. Desejou que ela chorasse ou fizesse qualquer tipo de som. Quis que ela o amaldiçoasse, jogasse alguma coisa nele. O silêncio da sala era terrível e parecia multiplicar o ódio de si mesmo que ele estava sentindo. Ele disse calmamente:

— Eu não quis fazer isso.

– Eu sei. – Ela sorriu para ele. – Está tudo bem.
Ele foi até ela e levantou-a do chão.
– Lamento muito. Como pude fazer uma coisa dessas?
Ela encostou a cabeça nele.
– Acho que mereci.
– Não, não diga isso.
– Mas é verdade. Você me disse para não beber.
– Só para o seu próprio bem.
– Sim, eu sei. Eu sei. – Então ela começou a chorar.
Chorou suavemente, quase sem som, mas ele ouviu o pranto e este era como uma lâmina cega cortando lentamente seu caminho até ele. Ele parecia pender suspenso num vácuo de futilidade, uma área de interminável desânimo. E a dor cortante era a consciência de que era inútil, era inútil tentar.
Mas então ela estava dizendo:
– Jim, vou tentar. Com todas as minhas forças.
– Prometa-me.
– Sim. Eu prometo. Eu juro. – Ele ergueu seu rosto e viu todo o significado de suas palavras em seus olhos.
– Juro que não vou deixá-lo ir.
Ele disse a si mesmo para acreditar. Quando a beijou estava acreditando, estava acalentando esse pensamento. A dor tinha se desvanecido e tudo que ele sentia era a suave doçura de sua presença.

Capítulo 7

NA MANHÃ SEGUINTE, Cassidy chegou na garagem e encontrou um mecânico trabalhando no ônibus. O mecânico era de uma oficina próxima e estava, provavelmente, sendo pago por hora. Ele observou o mecânico por um instante e então disse a ele para se afastar.

Era problema de carburador. O mecânico o tinha complicado e piorado, e agora este se apresentava como um problema sério. Cassidy praguejou e suou durante quase quarenta minutos. Exatamente quando estava fazendo os ajustamentos finais, viu o superintendente se aproximando com o mecânico e preparou-se para uma discussão.

O superintendente alegou que Cassidy não tinha nenhum direito de interferir com um mecânico contratado. Cassidy disse que o mecânico devia aprender seu ofício antes de se permitir ser contratado. O superintendente perguntou a Cassidy se ele tinha se ofendido.

Cassidy disse que não, mas seu trabalho era dirigir um ônibus e não poderia fazê-lo a menos que ele pudesse andar. O mecânico resmungou alguma coisa e se mandou. O superintendente deu de ombros e decidiu deixar o assunto morrer. Virou-se para os passageiros e anunciou que o ônibus estava pronto.

O ônibus ia lotar e Cassidy sentiu-se satisfeito porque ele e o ônibus estavam bem prontos para levar toda aquela gente boa para Easton. Os passageiros eram na maioria velhotas, e elas já estavam de camaradagem, a insignificante mas nem por isso menos agradável camaradagem do papo de um monte de velhotas que estavam dando um passeio de ônibus. Todas estavam falando sobre como a manhã estava bonita e como esperavam chegar em Easton a tempo de almoçar neste ou naquele lugar. E que cidade bonita era Easton. E que alívio escapar de Filadélfia para variar.

Havia também alguns velhotes que pareciam estar indo passear por nenhuma razão especial. Poucos deles levavam seus netos junto, e as crianças estavam correndo por ali como diabinhos. Uma delas estava berrando por doces e, quando o pedido foi rejeitado, ela se rebelou para entrar no ônibus. Uma senhora idosa disse ao avô que ele devia se envergonhar, certamente não faria mal ao queridinho comer um pedaço de doce. O velhote agradeceu por ela cuidar de sua própria vida. Eles estavam bloqueando a porta do ônibus enquanto discutiam a questão do doce, e Cassidy lhes disse para irem discutir dentro do ônibus.

A fila de passageiros mexeu-se lentamente, passando por Cassidy enquanto ele recolhia as passagens. Agora o ônibus estava ficando cheio e então estava quase lotado, só faltando uma poltrona. Cassidy continuou na porta e viu o último passageiro passando pela roleta. Era Haney Kenrick.

Haney usava um chapéu marrom-escuro de abas largas com uma pena laranja brilhante na tira. Vestia um terno marrom-escuro de peito duplo que parecia quase novo. Seu rosto luzia róseo e aparentemente ele passara a última meia hora numa barbearia. Sorriu amplamente quando se aproximou de Cassidy e apresentou a passagem.

Cassidy estudou o sorriso. Era a jovialidade exagerada de um homem que gastara as primeiras horas da manhã com uísque. Haney parecia ter bebido bastante dele para que se sentisse feliz.

Cassidy sacudiu a cabeça.

– Nada feito, Haney.

– Mas, olhe, aqui está minha passagem. Estou indo para Easton.

– Você não quer ir para Easton.

– Por quê?, lógico que quero. Acho que vou trabalhar em Easton hoje.

– Vendas à prestação exigem um carro – Cassidy disse. – Onde está o seu? Onde está a mercadoria?

Haney tinha parado um momento. Então disse:

– Bom, é o seguinte. Hoje vou só cobrir a cidade. Vou dar só uma olhada geral.

Cassidy viu o superintendente observando e começando a vir para escutar o que estava acontecendo. Ele sabia que não podia recusar a passagem de Haney. Disse a si mesmo para aceitar a situação e falou:

– Tudo bem, entre.

Seguiu Haney para dentro do ônibus e disse a si mesmo para esquecê-lo. Concentrou-se na idéia de que ele era simplesmente outro passageiro. Sentando-se no banco do motorista, empurrou a alavanca oscilante que fechava a porta. Então acionou o arranque e ligou o motor.

E então atrás dele havia alguém gritando, ele olhou e viu Haney empurrando uma senhora idosa. Ela estava espantada com Haney e, com os dois dedos indicadores apontados para o fundo do ônibus, indicava um único assento vago lá atrás. Haney ignorou-a e moveu-se desajeitada mas suficientemente rápido para pegar a poltrona exatamente atrás do motorista. A senhora sacudiu a cabeça com indignação quando se dirigiu ao fundo do ônibus.

Cassidy movimentou o ônibus para fora da garagem, seguiu para oeste na Arch com a rua Broad, pegou a pista da direita e colocou o ônibus no pesado tráfego matinal da Broad. Um sinal vermelho parou o ônibus e Cassidy viu um jorro de fumaça flutuante passar por seu rosto. Virou-se e viu o longo e grosso charuto na boca de Haney.

– Certo – Cassidy disse. – Apague-o.

– Não pode fumar?

Cassidy apontou para o aviso impresso acima do pára-brisas. Observou Haney pressionando o toco do charuto contra o chão. Depois limpou delicadamente a cinza espalhada e colocou o charuto no bolso do peito. Haney disse:

– Por que não pode fumar?

– É uma regra da companhia – Cassidy disse. – Eles têm uma outra regra contra falar com o motorista quando o ônibus está em movimento.

– Mas, agora, olhe, Jim, tinha algumas coisas em mente...

– Guarde-as.

– Isto não pode esperar.

– Terá de esperar – disse Cassidy. O sinal ficou verde, um Austin cortou a frente do ônibus e ele pisou no freio.

– Jim...

– Oh, pelo amor de Deus.

– Jim, o que o aflige? Pensei que nós tínhamos acertado as coisas na noite passada.

– E acertamos. Agora você começa o dia com outra discussão. Mas estou trabalhando. Haney, não quero ser importunado quando estou trabalhando.

– Tudo que eu quero dizer é...

– Cale-se – Cassidy disse. – Apenas sente-se e cale-se.

O ônibus foi ondulando por dentro e por fora através da espessa parada de automóveis e caminhões rastejantes seguindo para o norte pela rua Broad. Era um ondular difícil, delicado, que exigia total concentração de Cassidy e constante manipulação dos freios a ar. Os automóveis, especialmente os menores, tinham o hábito de se colocar na frente do ônibus, preocupando-o continuamente, como se este fosse uma imensa baleia desajeitada e eles fossem tubarões assassinos mordendo suas laterais. A ida para o norte rua Broad acima era sempre a pior dor de cabeça da viagem a Easton e se parecia com o enervante trabalho de tentar passar uma linha esfiapada através de uma agulha.

Os automóveis sempre estavam tornando isso miserável para ele. Havia vezes em que ele se sentia tentado a liquidar com um destes pestes e arruinar um ou dois pára-choques. A única coisa boa da rua Broad no começo da manhã era o cruzamento com o bulevar Roosevelt, onde o tráfego pesado chegava ao fim.

Cassidy passou pelo bulevar, guiou o ônibus por uma sucessão de sinais verdes, virou para a estrada York e cruzou o limite da cidade. Agora era fácil dirigir e ele tinha o ônibus indo a quarenta, atravessando suavemente a larga auto-estrada de concreto branco que levava a Jenkintown. Através do rugido do motor ele podia ouvir a tagarelice das velhotas, os risinhos, gritarias e ocasionais queixumes das crianças.

Um som de buzina atrás e ele se desviou levemente para a direita. A buzina soou novamente e ele olhou para o espelho retrovisor. Quando se esticou para inclina-lo, viu o automóvel desviando para ultrapassá-lo pela esquerda. O automóvel se foi, mas ele manteve os olhos no espelho retrovisor, porque este lhe dava uma visão parcial de Haney e viu um frasco na sua mão.

Viu Haney tirando a tampa do frasco e, erguendo-o, tomar um longo gole.

Virou a cabeça ligeiramente e disse:

– Guarde o frasco.

– Não é permitido beber?

Ele esperou que Haney guardasse o frasco.

Haney disse:

– Não vejo nenhum aviso impresso.

– Guarde esse maldito frasco ou vou parar o ônibus.

– Tudo bem, Jim. Sem ofensas.

Haney enfiou o frasco no bolso interno de sua jaqueta.

O ônibus atingiu o cume de um morro e começou a descer entre encostas de verde reluzente à luz do sol que esparramava branco na estrada e amarelo-esverdeado pelos campos. A estrada descendente era suave e lindamente margeada, e o ônibus fez outra curva e seguiu pela auto-estrada plana.

– Jim, nós bem que podemos falar sobre isso.

– Eu disse que agora não. Não aqui.

– É importante. Passei a noite toda acordado pensando a respeito.

– O que você quer, Haney? O que, diabos, você quer?

– Acho que existe uma maneira de nós podermos ajudar um ao outro.

– Escute – Cassidy disse. – Há somente uma maneira de você poder me ajudar. Desgrude do meu ouvido.

No espelho retrovisor Cassidy podia ver o gordo rosto róseo massageado de Haney. Ele estava transpirando e as bordas do colarinho de sua camisa estavam molhadas. O charuto estava apagado em sua boca e ele o estava mastigando.

– Bom, isso é com você – Haney disse. – Você pode resolver isso de uma maneira ou de outra.

— Resolver o quê?
— A situação.
— Não há nenhuma situação — Cassidy disse. — Não há nenhuma questão. Pelo menos não que me diga respeito.
— Você está errado. Não tem nenhuma idéia de como está errado. Eu lhe digo que você está com um monte de problemas.

Cassidy disse a si mesmo que era apenas conversa, não significava nada. Mas a sensação de apreensão então o atingiu, arrastou-o e ele ouviu-se dizendo:
— De que espécie?
— Da pior espécie — Haney disse. — Quando uma mulher começa a odiá-lo. Quando ela realmente o odeia. Estou no quarto com Mildred. Ela está sentada na cama. Fala alto como se estivesse sozinha no quarto, falando para si mesma. Começa a chamar você de um monte de nomes...
— Isto não é importante. — Cassidy cortou. E escarneceu. — Eu a ouvi me chamar de todos os nomes do dicionário.
— Você não ouviu do jeito que eu ouvi. — O tom de Haney era sério, quase solene. — Eu lhe digo, Jim, ela pretende lhe dar um mau tempo. Um verdadeiro mau tempo.

Cassidy continuou ironizando para pôr de lado a apreensão. Esta permitiu-se ser afastada e ele disse efusivamente:
— O que ela tem em mente?
— Não sei. Ela não diz quais são seus planos. Mas faz muitos comentários sobre você e aquela garotinha magra, aquela Doris.

Cassidy perdeu a ironia.
— Doris? — Suas mãos apertaram-se à direção. — De

uma coisa eu tenho certeza. É melhor que Mildred pense duas vezes antes de tentar ferir Doris.

— Mildred não é do tipo de pensar duas vezes. Ela é selvagem, perversa...

— Não precisa me dizer — Cassidy disse. — Sei como ela é.

— Você sabe? Talvez não. Talvez eu a conheça melhor do que você. — Haney tirou o charuto da boca, segurou-o afastado do rosto e o olhou. — Mildred bate forte. É uma víbora. Ela pode fazer um monte de estragos.

— Esta é outra coisa que eu sei — Cassidy disse. — Conte-me alguma coisa nova.

— Ela quer nocautear você, fazê-lo rastejar. É isso que ela quer. Vê-lo rastejar. Ela vai martelá-lo até que você seja nada. E eu odeio pensar no que ela fará para Doris.

Cassidy olhou para a contínua pista larga de concreto branco.

— Não acho que vou sofrer isso. Se você está jogando pôquer, Haney, eu não estou.

— Não é pôquer. Estou lhe mostrando todas as minhas cartas. Você sabe que eu quero Mildred. Estou morrendo lentamente porque não posso tê-la. Estou pensando em que só há uma maneira de ganhá-la de vez.

— É isso que eu não entendo — Cassidy disse. — Você se incendeia por esta mulher, você a quer mais do que quer qualquer coisa. Mas então senta aí e me diz que é melhor eu voltar para ela.

— Eu não disse isso.

— Com os diabos, tenho certeza que me deu a entender que ela me quer de volta.

— Rastejando — Haney disse. — Disse que isso é tudo que ela quer. Não é você. Ela não quer você. Ela está se coçando somente para ver uma coisa. Vê-lo achatado sobre o umbigo, rastejando de volta para ela. Daí ela pode puxar, chutá-lo no rosto e mandá-lo embora rastejando. Tudo que ela quer é a satisfação.

– Isto é bom. Você sabe quando ela conseguirá isto? Quando o oceano Atlântico secar.

Mas então, no espelho retrovisor, ele viu Haney sacudindo a cabeça.

E ele disse:

– Ela conseguirá isso, Jim. Ela é dessa espécie. Vai encontrar uma maneira de conseguir exatamente o que quer.

– E daí, o que é que eu devo fazer?

– Torne isso mais fácil para você. – Haney esticou-se para a frente. Seu sussurro tinha uma espessa natureza viscosa. – Para seu próprio bem. E se você realmente se preocupa com essa garota, Doris, fará isso pelo bem dela.

– Diga, Haney. Apenas diga.

– Certo. – O sussurro tornou-se mais alto e sua viscosidade era mais espessa. – Eu digo que você deveria voltar para Mildred. Mas não como um homem. Como um verme. Vá de joelhos, sobre seu umbigo. Vá rastejando. E quando ela jogá-lo porta afora estará tudo terminado, ela terá sua satisfação e isso estará resolvido.

Exatamente então um imenso caminhão laranja e branco veio rachando em direção ao ônibus. Este estava subindo uma colina e o caminhão tinha feito uma curva no topo do morro e virado demasiado aberto. O ônibus sacudiu-se e o caminhão desviou-se para o outro lado da estrada. Mas tudo indicava que não iria haver espaço suficiente. O ônibus pareceu estremecer e dobrar-se, e então o caminhão passou sibilando e estava tudo bem.

– Quase – disse Cassidy.

– Jim?

– Ainda estou aqui. Ouvi você.

– O que será?

A resposta de Cassidy foi uma gargalhada. Era uma gargalhada seca, ríspida e o sabor dela era azedo.

– Não ria, Jim. Por favor, não ria. – E agora Haney tinha o frasco na mão e estava tomando um gole. – Você tem que fazer isso, Jim. Você não pode fazer nada mais. Se não fizer isso...

– Jesus, cara, corta essa, certo?

Haney tomou outro gole:

– Eu afirmo que esta é a única maneira. E a única coisa que pode ser feita. – Então mais bebida desceu pela sua garganta. Então outro gole, e havia bastante daquilo dentro dele para torná-lo completamente subjetivo quando ele disse: – Eu preciso demais de Mildred. E esta é a única maneira de poder consegui-la. Exatamente agora, ela tem apenas uma coisa em sua mente. Quer aquela satisfação. Então, faça-o Jim. Faça-o, por favor. Vá até ela e deixe-a jogá-lo fora. E então sei que ela olhará para mim.

Cassidy riu novamente.

Haney tomou outro gole e disse:

– Tenho algum dinheiro no banco.

– Eu lhe disse para cortar essa.

– Tenho quase três mil dólares.

– Agora, escute – disse Cassidy. – Quero você calado. E ponha este maldito frasco no bolso.

– Três mil dólares – Haney choramingou. Pôs sua mão no ombro de Cassidy. – A quantia exata é dois mil e setecentos. Esta é a minha fortuna. Poupanças da minha vida.

– Tire sua mão de mim.

Haney manteve a mão no ombro de Cassidy e disse:

– Pagarei você, Jim. Pagarei você para fazer isso.

– Larga.

Cassidy apanhou a mão de Haney e a empurrou. Haney tomou outro gole:
– Você pode usar o dinheiro. É dinheiro bom.
– Esqueça isso, certo? Solte.
– Quinhentos? Que tal quinhentos?

Cassidy enrolou seu lábio inferior entre os dentes e mordeu forte. O ônibus estava subindo novamente e o topo do morro era concreto branco quente sob o brilho cheio do sol. O ônibus esforçou-se para alcançar o topo do morro.

– Farei essa por seiscentos – Haney disse. – Quero lhe pagar seiscentos dólares, dinheiro vivo.

Cassidy abriu a boca, deu uma respirada profunda e então cerrou os lábios firmemente.

– Setecentos – Haney disse. Pôs o frasco na boca e jogou a cabeça para trás. Deu um forte impulso ao frasco e teve de arrancá-lo para longe do rosto para que pudesse falar novamente. Ele disse roucamente e alto: – Sei o que você está fazendo. Pensa que me apanhou em desvantagem. Certo, seu bastardo. Você me apanhou. Admito que me apanhou. Eu lhe darei mil dólares.

Cassidy girou a cabeça, começou a dizer algo, compreendeu que não tinha tempo e que tinha de manter os olhos fixos na estrada. Mas enquanto encarava a estrada novamente, podia sentir o peso de Haney desabando sobre ele, podia farejar o bafo de bebida doce-úmido de Haney. Agora o ônibus tinha alcançado o topo do morro e iniciado a descida.

A estrada descia em curva, com o rio Delaware virando do outro lado, de forma que a estrada e o rio eram uma espécie de fórceps, o rio margeado por outra faixa de água, a estreita faixa do canal Delaware. E lá mais adiante o canal era separado da estrada por uma barreira de grandes rochas. Passado isso, havia outro morro e este era muito alto. Para subir o morro, o ônibus tinha de ganhar bastante velocidade na descida. O ônibus foi acelerando morro abaixo. Cassidy podia sentir seu tremor e o ruído do motor.

Enquanto o ônibus acelerava descendo, Cassidy podia ouvir os deliciados gritos das crianças e, no espelho, viu-as saltitando nas poltronas. Viu os rostos sérios dos passageiros mais velhos e o jeito como eles se agarravam aos braços das poltronas. Então o espelho mostrou apenas um rosto e era o rosto de Haney Kenrick, muito perto e muito grande no espelho. Haney estava pendendo sobre ele, que gritou para que ele se sentasse.

Haney estava bêbado demais para escutar, muito bêbado para saber o que estava acontecendo. Então ele tentou se inclinar mais para a frente e, ao fazer isto, perdeu o equilíbrio. Esticou-se com as duas mãos. A mão direita buscou o corrimão ao lado do banco do motorista, a esquerda segurava o frasco parcialmente cheio. Ele não sabia que estava segurando o frasco, que o segurava de cabeça para baixo, de forma que o uísque estava respingando na cabeça, rosto e ombros de Cassidy. Sua mão direita errou o corrimão e quando ele se balançou para alcançá-lo com a mão esquerda, despedaçou o frasco contra a cabeça de Cassidy.

Cassidy ficou instantaneamente inconsciente e seu peito caiu sobre o volante. Um braço balançava e o outro estava enganchado na direção, girando-a. Seu pé pressionou firme o acelerador. O ônibus foi gritando morro abaixo.

Então, lá embaixo, na base do morro, o ônibus continuou virando e se inclinou sobre duas rodas, saltou sobre a beira da estrada e continuou a corrida para baixo. Ficou em duas rodas, depois sobre nenhuma, e rolou para fora da estrada. Rolou descendo o lado do morro. Rolou e rolou. Ficou rolando até se esmagar contra as grandes rochas próximas ao canal Delaware. A gasolina pegou fogo e explodiu.

O acidente com o ônibus em chamas era uma pústula laranja e negra sobre as rochas ensolaradas.

Capítulo 8

Cassidy tinha a sensação de que sua cabeça tinha sido arrancada e que uma nova, feita de cimento, fora colocada sobre seus ombros. Teve de virá-la diversas vezes para ver onde estava. A última coisa de que ele se lembrava era ter sido arremessado entre algumas rochas, seus lábios separados à força por algo metálico, depois via Haney Kenrick, o frasco na mão dele, ouvia a voz trêmula de Haney instigando-o a beber do frasco. Ele lembrava da ardência do álcool quando este desceu por sua garganta, um monte dele vindo para dentro de sua boca e descendo, até que finalmente ele se engasgou. E exatamente antes de se apagar de novo, tinha olhado direto no rosto de Haney.

Agora um rosto veio na direção dele. Mas não era o de Haney. Era um rosto idoso, enrugado, de lábios delgados e queixo afilado. Atrás dele havia outros rostos. Cassidy viu os uniformes da Polícia Rodoviária Estadual. Fixou-se naquilo por um momento e então voltou ao rosto enrugado do médico de setenta anos que se debruçava sobre ele.

Uma voz disse:

– Como está ele?

– Ele está bem – disse o médico.

– Alguns ossos quebrados?

– Não, ele está bem. – Então o médico falou para Cassidy. – Vamos, levante-se.

Um dos policiais disse:

– Ele parece ferido.

– Ele não está nem um pouco machucado. – O médico fechou os olhos firmemente, como se estivesse tentando clarear sua visão. Os olhos estavam avermelhados. Parecia que andara chorando. Olhou para Cassidy com algo parecido com ódio. – Você sabe que não está ferido. Vamos, levante-se.

Cassidy ergueu-se das rochas. Sentia-se aturdido e com muita ressaca. Sabia que tinha tomado um monte do uísque do frasco de Haney. Imaginou por que Haney tinha lhe dado tanto uísque, e pensou consigo mesmo onde estava Haney e o ônibus. Sentiu um pouco de dor atrás da cabeça.

O sol atingiu-o em cheio nos olhos e ele piscou várias vezes. Então viu os restos do ônibus e piscou novamente. Viu as motocicletas, as viaturas oficiais e as ambulâncias. Uma multidão de fazendeiros e pessoas do campo estava ao lado das rochas e olhava para ele. Tudo estava muito calmo agora e todos estavam olhando para ele.

Então avistou Haney. E Haney estava falando calmamente com diversos policiais. Começou a avançar e uma mão veio contra seu peito. Era a mão do médico e ele dizia:

– Você fica onde está.

– O que você quer comigo?

– Seu cachorro. Seu miserável cachorro bêbado.

– Bêbado? – Cassidy levou uma mão aos olhos. Quando retirou a mão, viu o médico apanhando uma imensa seringa de uma bolsa de couro.

Um policial que usava divisas de sargento aproximou-se do médico e murmurou:

– Não precisa fazer isso aqui.

– Eu farei aqui – o médico disse. – Farei o teste bem aqui.

O médico apanhou o braço de Cassidy, arregaçou a manga e maldosamente inseriu a agulha da seringa no antebraço de Cassidy. Este olhou para o tubo de vidro da seringa e o viu se enchendo com seu sangue. Viu a satisfação no rosto do médico. A multidão tinha avançado e havia mulheres que choramingavam. Havia crianças que olhavam de olhos arregalados, como se fosse a primeira vez que elas viam alguma coisa como esta.

Cassidy queria uma bebida. Ele sabia que precisava de uma bebida agora mais do que nunca. Viu as ambulâncias se afastando. Elas se foram lentamente, como se não houvesse nenhuma razão especial para ir rápido. Viu as ambulâncias se afastando na estrada. Havia um monte de ambulâncias e nenhuma delas usava sirenes: Cassidy esforçou-se para não chorar.

O médico observou o rosto de Cassidy contorcendo-se e disse:

– Vá em frente e desabe. Você vai se desmanchar mais cedo ou mais tarde, bem que podia fazer isso agora.

Segurando a seringa alto como se a exibisse para a multidão, o médico apanhou um pequeno tubo de vidro da bolsa de couro, despejou o sangue de Cassidy dentro dele, arrolhou o tubo e deu-o ao sargento.

– Aí está – disse o médico. – Esta é sua prova.

O sargento pôs o tubo no bolso da jaqueta. Adiantou-se e tomou o braço de Cassidy:

– Vamos, camarada.

Veio outro policial, o sargento concordou e os dois conduziram Cassidy para um carro-patrulha fora da estrada, próximo às rochas. O sargento foi para trás do volante e acenou para que Cassidy sentasse a seu lado. O carro começou a descer a estrada. Cassidy abriu a boca para dizer algo, sabia que realmente não tinha nada a dizer, sabia que não havia nenhum sentido em dizer qualquer coisa.

Eles levaram Cassidy doze milhas estrada abaixo, para uma pequena construção de tijolos com uma grande placa na frente que dizia ser ali um posto da Polícia Rodoviária Estadual. O sargento foi até uma escrivaninha e começou a tagarelar com um homem que usava insígnia de tenente. O outro policial levou Cassidy para uma pequena sala e indicou-lhe uma cadeira.

Cassidy sentou-se. Olhou para o chão, passou os dedos pelo cabelo. Viu as botas de couro preto do policial. As botas estavam muito brilhantes. Pareciam ser botas caras. Provavelmente o policial gostava de botas caras e preferia pagar por estas do seu próprio bolso em vez de aceitar as mais baratas usadas por outros policiais motociclistas. Cassidy disse a si mesmo para concentrar-se nas botas, pensar nas botas. Começou a pensar no ônibus acidentado e implorou a si mesmo para voltar às botas.

Finalmente ele não pôde conter o silêncio, ergueu a cabeça, olhou para o policial e disse:

– O que aconteceu? Apenas me conte o que aconteceu.

O policial estava acendendo um cigarro. Era jovem, alto, e tinha tirado seu quepe, exibindo um liso cabelo negro asseadamente penteado. Deu uma longa tragada no cigarro. Afastou-o da boca e olhou para a ponta acesa.

– Você está numa confusão dos infernos.

– Como você sabe? – Cassidy sentiu a categórica necessidade de começar a defender-se.

– Você estava bêbado. Temos seu sangue em um tubo para provar isso. Aquele tubo mostrará mais uísque do que sangue.

O policial foi até uma cadeira próxima de uma janela, sentou-se e olhou para fora.

Cassidy disse:

— Eu não estava bêbado quando estava dirigindo.

— Realmente? — O policial continuou a olhar para fora da janela.

— Tomei aquele uísque depois do acidente.

— Realmente?

— Antes do acidente não bebi uma gota. — Cassidy ergueu-se da cadeira e foi até o policial. — Tenho testemunhas.

— Você tem? — O policial virou-se lentamente e olhou para Cassidy. — Que testemunhas? Aquele cara grande e gordo de terno marrom?

Cassidy concordou:

— Ele é uma.

— Ele não é sua testemunha — disse o policial. — Ele é nossa. Disse que você bebeu durante todo o caminho desde Filadélfia. Disse que você até o deixou embaraçado.

— Oh. — A voz de Cassidy estava reduzida a quase um sussurro.

— Que tal sobre os outros?

— Os outros? — O policial ergueu suas sobrancelhas. — Não existem outros.

Cassidy ergueu a mão lentamente e pressionou-a firme contra o peito.

O policial observou-o, estudando-o. Cassidy esqueceu a necessidade de defender-se e continuou pressionando a mão contra o peito. Ele disse:

— Tudo bem, conte-me.

— Estão todos mortos.

Cassidy virou-se, caminhou de volta para a cadeira e murchou nela.

— Todos eles — o policial disse. — Até o último deles. Homens, mulheres e crianças. Vinte e seis seres humanos.

A cabeça de Cassidy pendeu muito baixa. Ele tinha as mãos sobre os olhos.

– Eles não conseguiram sair do ônibus – disse o policial.
– Queimaram até morrer.

Cassidy tinha os olhos firmemente fechados, mas suas pálpebras eram uma espécie de tela onde ele viu tudo acontecendo. Viu o ônibus rolando, afastando-se da estrada, rolando mais e mais para as rochas. Viu a porta balançando aberta e ele e Haney Kenrick catapultados pela passagem da porta sobre a grama macia, afastando-se do ônibus e em direção às rochas. Ele devia ter voado pelo ar, dando cambalhotas na grama para acabar lá nas rochas e Haney deve ter aterrissado próximo. O ônibus tinha aterrissado de lado, todas as saídas barradas, a explosão chegando rápida, o fogo brotando, e nenhum deles pôde sair, nenhum pôde sair.

O policial falou suavemente:
– Você entende o que fez? Matou-os.
– Posso me deitar em algum lugar?
– Você vai ficar onde está.

Cassidy vasculhou no bolso de sua jaqueta e encontrou os cigarros. Pôs um deles na boca. Então procurou os fósforos, mas não os encontrou e disse:
– Pode me dar fogo?
– Claro. – O policial aproximou-se e acendeu um palito. Deixou o palito queimar brilhantemente na frente dos olhos de Cassidy. – Olhe para isso. Olhe para isso queimando.

Cassidy encostou o cigarro no fogo. Colocou fumaça dentro dos pulmões. O policial permaneceu ali e deixou o fósforo continuar queimando diante dos olhos de Cassidy.
– Eu não chamaria isso de justiça – o homem disse.
– Para eles, o fogo acaba tudo. Para você, acende seu cigarro.

– Continue.

– Eles morreram cruelmente, senhor.

– Cale a boca. – Cassidy agarrou as bordas da cadeira. – Se tivesse sido minha culpa, eu o deixaria socar minha cabeça até virar pasta e não me mexeria. Mas não foi minha culpa. Estou lhe dizendo que não foi minha culpa.

– Não me diga. Diga a si próprio. Continue dizendo isso a si próprio e talvez você acabe acreditando.

A porta abriu-se e o sargento entrou e acenou. O policial pegou Cassidy pelo braço e eles saíram da saleta para o escritório principal, onde o tenente estava falando com um grupo de policiais, homens em roupas civis e Haney Kenrick. Havia uma tira de fita adesiva no lado do rosto de Haney e uma das mangas de seu terno estava arrancada. Cassidy avançou para cima de Haney, pegou-o pela garganta com uma mão e começou a sufocá-lo. Haney soltou um guincho e o policial grudou-se em Cassidy. Tiveram de puxar seus dedos para afastá-los da garganta de Haney.

O tenente disse:

– Segurem-no. Se ele se mexer novamente, amassem ele. – O tenente ergueu-se, circundou a escrivaninha e foi até Cassidy. – Talvez eu mesmo o amasse.

Cassidy não estava olhando para o tenente. Tinha os olhos cravados no rosto de Haney:

– Conte a verdade, Haney.

O tenente empurrou um dedo contra o peito de Cassidy.

– Ele nos contou a verdade.

– Como diabos você sabe?

– Agora, não banque o durão.

– Serei tão durão como você – Cassidy disse ao tenente. – Você tem seus homens segurando o camarada errado. Melhor lhes dizer para soltar meus braços.

O tenente hesitou por um momento e então disse aos policiais para largarem Cassidy.

Cassidy disse:

– Qual é a acusação?

O tenente chegou bem perto.

– Dirigindo um veículo público alcoolizado. Esta é uma. A outra é homicídio doloso.

Cassidy apontou para Haney:

– O que este homem disse?

– Tenho de lhe contar o que ele disse?

– Sim. Em detalhes.

– Cara, você é durão, não é mesmo? – O tenente sorriu sarcástico. – Ele disse que estava sentado bem atrás de você. Disse que você tinha uma garrafa e estava bebendo tudo enquanto dirigia. Você lhe ofereceu um tanto e ele bebeu um pouco, você bebeu a maior parte.

– Isso é uma mentira completa. – Cassidy olhou para Haney e este olhou de volta para ele sem qualquer expressão particular. Mostrou os dentes para Haney. – Conte-lhes sobre o frasco.

O franzir de sobrancelhas de Haney foi uma boa atuação:

– Que frasco?

Cassidy deu uma longa respirada.

– Você tinha um frasco. Eu estava apagado sobre as rochas e você veio e me trouxe. Esvaziou metade do frasco pela minha garganta abaixo.

O tenente virou-se e olhou para Haney. Houve uma calma momentânea. Então Haney deu de ombros:

– O cara está maluco. Admito que às vezes carrego um frasco. Mas não hoje.

Cassidy encolheu o lado da boca.

O tenente relanceou os olhos entre Cassidy e Haney.

— Vocês se conhecem?

— De certa forma — Haney disse.

— Mais do que de certa forma. — Cassidy partiu em direção a Haney, mas o tenente bloqueou sua passagem como uma parede de granito.

Os olhos de Cassidy estavam ardentes quando olhou para Haney. Cassidy disse:

— É uma brilhante idéia, mas não vai funcionar. Mais cedo ou mais tarde você terá de cuspir a verdade.

Haney não teve nenhuma resposta. O tenente ergueu as sobrancelhas e mostrou a Haney um rosto intrigado.

— Do que ele está falando?

— Eu acho — Haney começou suavemente — que ele está somente tentando se proteger. Quer que você pense que armei alguma espécie de armadilha. — Haney fez um gesto relaxado, tolerante. — Realmente não posso culpar o cara. Se estivesse na pele dele também estaria nervoso. E também tentaria lhe vender uma autêntica relação de boas ações.

O tenente concordou seriamente. Voltou-se para Cassidy e sua boca se retorceu.

— Acontece que tenho muita resistência a vendas — sacudiu um polegar na direção de Cassidy e disse: — Tranquem-no.

Bem no fundo de seu ser, Cassidy estremeceu forte. Sabia que não podia permitir que o trancassem, porque uma vez que o fizessem, acabaria na justiça e ele compreendeu o que aconteceria na justiça. Compreendeu que não teria nem a aparência de uma defesa adequada. Seria provado que ele era um bêbado, que era um homem com um passado sombrio, e não tinha feito nada de útil nos anos intermediários. As evidências provariam que só havia uma maneira de o ônibus ficar fora de controle e despencar pelo lado do morro, como aquele ônibus tinha feito, e a razão, sem nenhuma dúvida, era a alcoolização do motorista. O depoimento da única testemunha combinaria com as evidências e era isso, isso era tudo.

Ele disse a si mesmo que não iria deixar que eles o trancassem, não ia ser posto de lado por três, cinco, sete anos ou talvez mais. Seu cérebro ligou-se com fúria e loucura animal e agora, abruptamente, movia-se como um animal.

Atirou-se contra o ombro do policial mais próximo, jogando-o contra a lateral da escrivaninha do tenente. Outro policial avançou e Cassidy parou-o com um soco direto no rosto, parou um terceiro policial com um forte empurrão no peito e então saltou sobre a escrivaninha do tenente. O tenente olhou sem compreender por um instante, grudado às pernas de Cassidy. Cassidy chutou a mão do tenente para longe, chutou forte a janela atrás da escrivaninha, o vidro quebrado voando como água borrifada com Cassidy mergulhando por ela, saindo pela janela e ouvindo os gritos atrás dele, ouvindo o baque quando seu ombro atingiu o chão.

Ele estava em pé e fora do chão, seus pés deslizando pelo cascalho, então pela grama, os olhos pousando nas motocicletas e carros-patrulha estacionados, mas nenhum policial, porque estes ainda estavam dentro do prédio. Ele se dirigia rumo à auto-estrada, vendo a grama alta do outro lado e, além da grama, uma espessa cortina de árvores. Enquanto corria para as árvores, podia ver o brilho metálico do Delaware lá embaixo ao longe e os bancos de areia arroxeada do lado de Nova Jersey, uma fronteira entre a água e o céu.

Ele correu muito rápido, entrou entre as árvores, serpenteando o caminho, os braços esmagando uma sucessão de ramos e galhos. Não olhava para trás, mas podia ouvi-los se aproximando, podia ouvir a gritaria rouca do tenente tentando xingar e dar ordens ao mesmo tempo. Implorou a si mesmo para ir mais rápido, sabendo que não conseguiria. Disse a si mesmo que iam apanhá-lo, certamente iriam, e que ele era um idiota em pensar que podia escapar. Continuou dizendo a si mesmo que iriam apanhá-lo e correu mais rápido pela mata cerrada, sentindo o acentuado declive do chão e vendo o Delaware mais próximo.

Então as árvores ficaram para trás, e o declive foi ficando suave e arenoso, pedras aparecendo aqui e ali, e rochas mais adiante. Para um lado o declive acabava abruptamente, e ele viu uma saliência de pedra dentada. Foi até ela, escalou-a e continuou subindo, esperando que a saliência se projetasse longe bastante para que ele pudesse tentar um mergulho no Delaware. Avançou pelo lado da saliência, rastejou nela, olhou para baixo e viu a água.

A água estava bem abaixo. Disse a si mesmo que não tinha muito tempo para estudar a água. A saliência estava à cerca de dezoito metros acima dela, onde esta se projetava contra o penhasco. Diretamente abaixo parecia ser água suficientemente profunda, em contraste com as áreas de qualquer outro lado, onde o rio corria em direção à areia em vez de para a rocha. Pensou que era uma espécie de lagoa ali embaixo e tudo poderia sair bem. Tinha muito pouco tempo e era melhor parar de pensar a respeito e pular.

Olhou para baixo e sentiu-se indo, primeiro os pés, sobre o lado da saliência, caindo muito rápido pelo ar, a água correndo em direção a ele, o ar gritando em seus ouvidos. Atingiu a água e esperava encontrar lâminas de rocha sob ela, esperava morrer já e ali. Mas tudo que podia sentir era a água, a sua profundidade, a segurança da profundeza. Ele veio à tona, olhou a largura do Delaware, viu Nova Jersey a cerca de uma milha distante, imaginou se conseguiria atravessar antes que eles se pusessem atrás dele com botes ou telefonassem para que o pegassem em Nova Jersey quando ele atingisse o banco de areia. Sabia que não seria capaz de fazê-lo. Virou a cabeça, viu que estava a apenas uns nove metros distante da parede do penhasco, viu aberturas na parede dele, aberturas muito boas, algumas delas bastante largas. Elas pareciam entradas de cavernas.

Era sua única chance. Nadou os nove metros, esticou-se e agarrou a rocha, arrastou-se para cima da parede do penhasco, encontrou outro apoio para a mão, então um para o pé, continuou se arrastando para cima, três metros, então seis, e finalmente alcançou uma das aberturas. Não era larga o bastante. Examinou acima e, a cerca de três metros, a meio caminho entre o rio e o topo do penhasco, havia uma abertura que parecia mais larga. Subiu na direção dela em diagonal, ouvindo agora alguns gritos acima dele. Os gritos eram fracos, mas ele podia entender as palavras. Estavam lá em cima na encosta, do lado esquerdo do penhasco, dizendo uns aos outros que o homem tinha de estar por ali, simplesmente tinha de estar por ali, com certeza não estava no rio, não podiam vê-lo no rio. A voz do tenente era um tanto histérica, dizendo-lhes para pararem de olhar ao redor, descer a encosta, vasculhar cada último maldito centímetro da maldita encosta.

Cassidy continuou subindo. Olhou para o buraco na parede do penhasco, esticou-se, falhou, tentou novamente e falhou. Atirou a perna direita contra uma fissura na rocha, deu um impulso para o alto, estendeu-se novamente e desta vez sentiu a borda do buraco. Retesou-se, alçou-se para o alto, o corpo pendendo do buraco, rastejando para dentro.

Rastejou mais. Sua respiração vinha em arfadas e subitamente compreendeu por quantas ações ele passara, como estava cansado. Estendeu-se no chão da caverna e fechou os olhos. De algum lugar distante ele podia ouvir os gritos do tenente.

Mais tarde, encontrou um pedaço de rocha grande na caverna e empurrou-o para a abertura, de modo que formasse uma obstrução e, do outro lado do rio, pareceria que ela era bastante pequena, certamente impossível para um homem entrar. Aninhando-se atrás da rocha, ouviu as vozes vindo de ambos os lados do penhasco. Aquilo continuou talvez por uma hora. Ele sabia que logo encerrariam sua busca pela encosta e começariam a examinar a parede do penhasco. Pensou consigo mesmo quão intensamente eles examinariam a parede do penhasco. Exatamente então ouviu o som de motores no rio e espreitou o exterior de trás da rocha.

Eles estavam com seus barcos indo rio acima e abaixo, próximos ao penhasco. Policiais estavam em pé nos barcos, olhando para cima, para a parede do penhasco. Viu que não estavam usando binóculos e começou a sentir-se otimista. Havia um monte de barcos se movimentando na água, descrevendo círculos e, após um instante, ele compreendeu que a esquadra parecia um pouco ridícula. Uns entravam no caminho dos outros. Ele sabia que realmente os estava enganando.

Mais barcos se despejaram do lado de Nova Jersey. O sol bateu muito forte e quente sobre a água e Cassidy viu o impacto brilhante da luz solar entre os botões de metal dos uniformes, os rostos avermelhados de suarentos policiais em pé nos barcos. Então houve muita gritaria e considerável agitação e todos os barcos apontaram numa direção, afastando-se da parede do penhasco. Ele inclinou a cabeça para fora da rocha e viu os barcos indo para a estreita faixa de areia à direita. Reconheceu o tenente saltando para fora de um barco, viu-o gesticulando na direção da encosta, para as árvores lá no alto, viu todos os policiais rastejando encosta acima. Alguns deles estavam sacando suas armas. Estavam indo atrás de alguém que tinha sido avistado na encosta ou nas árvores e, obviamente, era bem provável que este fosse seu homem. Barco após barco alcançou a areia, os policiais estavam desembarcando e se enfronhando encosta acima. Após algum tempo eles desceram e houve uma conferência na areia. A conferência parecia ser um tanto acalorada e Cassidy ouvia o tenente se defendendo vigorosamente contra as estrondosas alegações de um homenzarrão que usava um chapéu de palha e um terno escuro. O homenzarrão parecia estar no comando das coisas, jogou os dois braços para o alto e então se afastou, voltou-se e disse alguma coisa em voz alta e se afastou novamente. Esta atuação prosseguiu interminavelmente e Cassidy viu sombras espalhando-se pelo rio e soube que o sol estava se pondo.

Minutos mais tarde viu os policiais indo embora em seus barcos. Alguns deles rumaram de volta a Nova Jersey. Os outros barcos fizeram um taciturno desfile rio abaixo, para qualquer doca próxima de que tivessem vindo. No crepúsculo, os barcos gradualmente ficaram perdidos na sombra, então tudo se tornou sombra e Cassidy observou o rio escurecendo. Rastejou de volta para dentro das profundezas da caverna.

Suas roupas ainda estavam úmidas. Não era uma umidade desconfortável e ele podia se sentir aquecido, o ar seco entrando na caverna e aquecendo-o, fazendo-o sonolento. Espichou-se no chão da caverna, repousou o rosto no braço dobrado e mergulhou no sono. Estava quase totalmente adormecido quando um pensamento cortou a agradável névoa e ele ergueu a cabeça e olhou para seu relógio de pulso. Apesar do mergulho no Delaware, o relógio ainda estava funcionando. O mostrador luminoso marcava oito e dez.

O relógio de pulso marcava meia-noite e vinte quando Cassidy abriu os olhos. Levantou a cabeça, examinou o relógio, depois virou-se e olhou para fora pela entrada da caverna. Não havia nada lá além da escuridão. Rastejou até a abertura, olhou para baixo, viu a cintilante água negra, olhou para cima e viu a lua. Disse a si mesmo que era hora de ir.

Perguntou-se onde iria. Parecia lógico que deveria ir tão longe quanto possível. Devia começar a pensar em termos de grande distância. Automaticamente, desenvolveu a idéia de atingir um porto em algum lugar, enfiar-se em um barco e ir para outro país. Por alguma razão esta não era uma idéia atrativa e ele reavaliou o estado das coisas que o forçaram a isso. Não queria deixar o país. Havia algo aqui que ele tinha começado a construir e queria continuar construindo; queria estabilizar e reforçar a base que tinha iniciado com Doris. Tinha que voltar para Doris. Tinha que deixar que ela soubesse a verdade do que tinha acontecido com o ônibus.

Pendurando-se para fora da abertura da caverna, viu a luz da lua refletindo na parede do penhasco, reluzindo nas bordas afiadas da rocha. Para um dos lados, para a esquerda, podia ver uma série de saliências como degraus que pareciam ir, em toda a extensão, para o topo. Fez uma manobra lateral, tateando cuidadosamente seu caminho. Atalhou pela saliência mais próxima, escalou-a e então achou a ida comparativamente fácil. A escada de rochas levou-o para o topo do penhasco. Dali ele partiu pela encosta, seguiu pelas árvores e então, através das árvores, para a auto-estrada.

Suas roupas estavam úmidas e a brisa noturna agora estava fria. Ele permaneceu à margem da auto-estrada e começou a tremer. Os faróis de um carro pontuaram a negritude lá adiante na auto-estrada e ele mergulhou de volta para as árvores, sabendo que não podia se permitir ser visto no uniforme de motorista de ônibus. Ficou bem atrás das árvores e observou o carro passar zunindo estrada abaixo. Por alguns minutos ele ficou ali, diversos carros passaram e uns poucos caminhões. Finalmente compreendeu que não poderia continuar muito tempo naquela vizinhança. Começou a andar ao longo e através da mata, paralelo à estrada, no caminho de volta para a Filadélfia. Ele conhecia a estrada o bastante para saber que estava a uns sessenta quilômetros da Filadélfia.

Caminhou durante uma hora, descansou, caminhou novamente e outra hora se passou. Agora a maioria dos carros tinha desaparecido da auto-estrada e esta fora dominada pelos grandes caminhões que viajavam toda noite para e da Filadélfia. Os grandes caminhões seguiam velozmente estrada afora, seus faróis solitários na escuridão. Observou um deles passar sonolento, seus olhos seguindo-o esfomeadamente enquanto ele se afastava rápido de seu lento avanço. Então fez um retorno na estrada e houve uma mudança no som do motor. Parecia estar diminuindo a marcha. Viu um brilho na altura do retorno na estrada e subitamente se lembrou de uma banca que não fechava, onde os motoristas de caminhão paravam para um pouco de comida ou café.

Música *juke-box* flutuou até ele junto com o brilho da banca, e ele cruzou a estrada e entrou pela grama alta no outro lado. Um minuto mais tarde pôde ver a banca e os grandes caminhões estacionados no largo semicírculo de cascalho margeando a estrada. Escondido na grama alta, estudou os caminhões, foi até eles e, finalmente, escolheu uma carroceria que pertencia a uma companhia de carga localizada próximo ao cais da Filadélfia. A carroceria estava aberta na traseira. Rastejou pelo cascalho e subiu nela.

O caminhão estava carregando tomates, alface e pimentas. Ele sabia que não valeria como uma refeição, mas podia ajudar a encher um espaço definitivamente vazio em sua barriga. Sentou-se na escuridão da carroceria e serviu-se dos vegetais. Alguns minutos mais tarde, ouviu o motorista aboletando-se atrás do volante. O caminhão foi para a auto-estrada.

Em Filadélfia, o caminhão cortou caminho a partir da rua Broad, seguiu para leste pela Quinta afora até a Arch, então virou a leste na Arch, até a Terceira. Na Terceira, o caminhão teve de parar num sinal vermelho e Cassidy saltou, agachou-se e vagueou pela rua. Sentiu-se tranqüilo e um tanto confiante. Pensou em Doris e em como ela estava agora tão próxima, ficando mais próxima, cada momento tornando-a mais próxima.

Caminhou rapidamente pela rua das Docas, então beco abaixo, e viu a luz na janela do quarto dela. Subiu e bateu suavemente na janela. A sala de estar estava vazia e ela provavelmente na cozinha; ele bateu novamente. Não houve nenhuma resposta.

A falta de resposta era algo além de mero silêncio. Era como um símbolo, uma mensagem enviada a ele de uma região desconhecida que não existia em termos de tempo. Expressava algo completamente negativo, uma espécie de lúgubre pessimismo, dizendo-lhe que não importava que movimentos ele fizera, não importava o que ele tentara fazer, ele simplesmente não chegaria a lugar algum. A penetrante dor vazia da futilidade era quase tangível, como se ele pudesse sentir a pulsação de uma hemorragia interna. Ele sabia que naquele momento Doris estava no Lundy's Place. Estava com seu namorado, a garrafa.

Capítulo 9

Cassidy permaneceu à janela e sacudiu a cabeça lentamente. Não havia nenhuma raiva, nenhum ressentimento. Agora era tudo tristeza, e tudo era mais melancólico porque ele sabia ser algo que não podia ser reparado. Ela o deixara deprimido, não poderia ajudar, e isso simplesmente era muito mau. Esta era a única maneira de encarar aquilo. Bem, de qualquer jeito, ele tentara. Não importava o que acontecesse dali em diante, ele teria o que lembrar. Tentara arduamente. Tinha se esforçado. Mas o resultado disso era fracasso, e era simplesmente muito mau, era uma vergonha danada.

Do outro lado das paredes andrajosas do beco ele ouviu o apito de um navio soando no rio. O som era enfático na imobilidade da noite avançada. Soava como uma espécie de aceno e ele começou a pensar em termos de rio, dos navios ancorados no cais e de suas chances de se esconder num cargueiro. Começou a se afastar da janela.

Então lhe ocorreu que estava muito cansado e que certamente podia tomar um banho quente e tirar uma soneca antes de fazer uma tentativa nos ancoradouros. Ele se virou, passou pela janela e se dirigiu para a porta.

A porta estava aberta, como ele sabia que estaria. No momento em que entrou, imaginou vagamente por que não tinha feito isto antes, em vez de bater na janela. Podia ser porque ele realmente esperava não haver nenhuma resposta à batida. Isto era uma grande e maldita babaquice, mas pelo menos era compatível com cada movimento que ele fizera desde a arrasadora manhã em que um avião de quatro motores caíra e queimara.

Era esquisito, claramente esquisito que, justo agora, ele estivesse lembrando aquela manhã em particular. Não conseguia entender isso. Repentinamente compreendeu o impacto irracional e arrasador de uma catástrofe repetida. Naquele dia, o avião. Hoje, o ônibus. Dezenas de vidas extintas nas fornalhas de um avião e de um ônibus abrasadores. Começou a contar as vidas que se perderam e sentiu-se confuso com o horror disso. O fato de nenhum dos acidentes ter sido sua culpa não era visível para ele nesse momento. Tudo que ele via era a si mesmo no volante, nos controles, ele próprio como responsável. Fechou seus olhos firmemente e implorou a si mesmo para evitar pensar naquilo.

Mas lá estava. O avião destruído, o ônibus destruído e Cassidy nos controles. Um bom homem para contratar, este Cassidy. Um homem muito bom, se o que eles precisavam era um erro vivo, um número errado, exatamente um operador de má sorte.

Bem, estava tudo acabado. Isso nunca poderia acontecer novamente. Ele tentaria saltar fora esta noite e, se fizesse isso num barco, continuaria a se mexer e passaria o resto da vida em algum lugar distante onde não pudessem encontrá-lo. Havia um monte de lugares distantes e não importava qual ele escolhesse. Desde que chegasse lá. Desde que fosse capaz de se esconder. Este era um pensamento agradável, era algo para se olhar de frente. Um futuro muito agradável para Cassidy. Por alguma razão estranha, idiota, ele imaginou se teriam coisas como pílulas para dormir em algumas dessas ilhazinhas muito distantes.

No banheiro, barbeou-se e depois encheu a banheira com água quente. Entrou nela, sentou-se e sentiu o vapor penetrando-o. Quando saiu do banheiro e começou a pôr roupas limpas, estava se sentindo um pouco melhor. Mas, então, ele pensou de novo em Doris, no Lundy's Place e na sala dos fundos reservada para os fregueses que tinham de continuar bebendo após o toque de recolher das duas horas. Pensou em si mesmo indo embora agora e deixando-a ali.

Esqueça isso, disse a si mesmo. É inútil e apenas esqueça. Mas não podia esquecer. Bem, então, o que poderia fazer? Ele certamente não poderia ir ao Lundy's Place. Claro como o inferno que ele seria apanhado. Havia somente uma coisa a fazer, e era esquecer.

Ele acendeu um cigarro, descansou estirado de costas na cama e tentou arduamente esquecer. Alguma coisa mais cresceu em sua mente, mas antes que tomasse forma ele a afastou e mandou-a embora. Esta permaneceu numa pequena concha invisível, olhando para ele, e então ele viu que era uma mistura de dois rostos. O rosto de Haney Kenrick e o rosto de Mildred. Os rostos estavam zombando dele. O rosto de Haney foi embora, restou o de Mildred e ela começou a rir dele. Ele quase podia ouvir sua voz dizendo: "Eu estou contente, eu estou contente, isso pede uma celebração e eu pagarei as bebidas. Dê um tiro duplo para a Doris. E você, Haney, onde está indo? Volte, Haney, está tudo bem e você pode sentar comigo. Você está comigo, agora, Haney. Lógico que falo sério. Está me ouvindo rir? Isto é porque eu me sinto bem. Porque nosso amigo, o motorista de ônibus, recebeu o que merecia. O bastardo foi castigado, realmente se deu mal. E você sabe o que estou fazendo? Estou saboreando essa. Você fez um belo trabalho nele, Haney, fez um trabalho perfeito e merece uma recompensa. Esta noite eu lhe darei a recompensa. Vou recompensá-lo mesmo, Haney. Da maneira que só Mildred pode fazê-lo. Você vai tê-la como nunca teve antes".

Então estava muito próximo, esmagando-o, e ele sentiu em cheio a explosão de sua raiva. Levantou-se da cama, encarando a porta, os punhos levemente erguidos, os nós dos dedos muito tensos e duros. Fez um movimento em direção à porta, sabendo que estava se dirigindo ao Lundy's Place, à mesa onde Mildred sentava com Haney Kenrick. Enquanto se imaginava investindo contra a mesa, jogou os braços para trás e para baixo e descerrou os punhos. Voltou da porta e disse a si mesmo para largar aquele tipo de pensamento. Aquilo foi ontem, de todos os imundos e podres ontens com uma vadia chamada Mildred. Ele faria melhor em pensar no amanhã e em todos os impredizíveis amanhãs com um fugitivo chamado Cassidy.

Jesus, ele precisava de uma bebida. Olhou ao redor, não viu nenhuma garrafa e imaginou se havia uma na cozinha. Enquanto ia para a cozinha, escarneceu desdenhosamente. Zombando de si próprio. O nobre reformador que criara um inferno com Doris porque ela deixou Shealy trazer-lhe uma garrafa. E agora ele estava indo à cozinha para ver se podia encontrar uma.

Ele estava entrando na cozinha quando ouviu o som. A porta da frente estava abrindo. Virou-se e viu Shealy.

Eles se olharam e o silêncio foi tenso, parecendo intensificar o ar.

Então Shealy fechou a porta atrás de si e recostou-se levemente nela. Cruzou os braços e olhou Cassidy de cima a baixo.

– Eu sabia que você estaria aqui – Shealy disse.

O tom de Cassidy foi gelado:

– O que você quer?

Shealy deu de ombros:

– Sou seu amigo.

– Não tenho nenhum amigo. E não quero nenhum. Caia fora.

Shealy ignorou aquilo.

– O que você precisa é de algum pensamento. Alguns planos. Você tem algum?

Cassidy foi para a sala da frente e ficou andando para lá e para cá. Então parou, olhou o chão e disse:

– Nada definido.

Estavam calmos novamente. Mas de repente, Cassidy franziu as sobrancelhas, olhou para o homem de cabelos grisalhos e disse:

– Como você soube disso? Quem lhe contou?

– Os jornais desta noite – Shealy disse. – É uma história de primeira página.

O olhar de Cassidy afastou-se de Shealy, mirou o nada e ele disse:

– Primeira página. Bem, acho que é onde deveria estar. Um ônibus é estraçalhado e vinte e seis pessoas queimam até a morte. Sim, acho que cabe bem na primeira página.

– Relaxe – Shealy disse.

– Claro. – Ele continuou a olhar para o nada. – Estou todo relaxado. Estou legal. Meus passageiros são uma pilha de cinzas mortas. E eu estou aqui. Estou todo relaxado e me sentindo muito legal.

– É melhor sentar-se – Shealy disse. – Você parece que está para desabar.

Cassidy olhou para ele.

– Que mais o jornal disse?

– Estão procurando você. Estão dando buscas.

– Bom, claro que devem. Mas não é isso que quero

dizer. – Ele deu uma curta respirada, abriu novamente a boca para dizer o que queria dizer, depois meneou pesadamente a cabeça, como se não fizesse nenhuma diferença.

Shealy olhou para ele, para dentro dele e disse:

– Sei o que você quer dizer. E a resposta é não, não há chance alguma de que eles acreditem em você. Acreditam no que eles ouviram de Haney Kenrick.

Os olhos de Cassidy se arregalaram.

– Como você sabe que Haney estava mentindo?

– Conheço Haney. – O homem de cabelos grisalhos foi até a janela, olhou para a rua lá fora, depois para o céu, então para a rua novamente. Abaixou lentamente a persiana da janela e disse: – Vamos ouvir o seu lado disso.

Cassidy contou-lhe. Não demorou muito para contar. Tratava-se simplesmente de explicar o acidente do ônibus e a estratégia de Haney Kenrick.

Quando acabou, Shealy estava concordando lentamente:

– Sim. – disse ele. – Sim, sabia que era alguma coisa desse tipo. – Passou os dedos pelo brilho macio do cabelo branco. – O que vai fazer agora?

– Pular fora.

Shealy inclinou a cabeça. Seus olhos apertaram-se apenas um pouco:

– Não vejo você pulando fora.

Cassidy enrijeceu.

– Vim aqui tomar um banho e descansar.

– Isso é tudo?

– Agora, olhe – Cassidy disse. – Vamos deixar disso.

– Jim...

– Disse para a gente deixar disso. – Ele caminhou pela sala, acendeu um cigarro e deu umas poucas tragadas. Apenas para dizer alguma coisa, disse: – Devo-lhe algum dinheiro pelas roupas que você trouxe. Quanto era?

— Vamos esquecer isso.
— Não — disse Cassidy. — Quanto?
— Cerca de quarenta.

Cassidy abriu uma porta de roupeiro, tirou uma calça frisada de um cabide, procurou e apanhou um maço de notas de dinheiro. Contou oito notas de cinco dólares e deu-as a Shealy.

Shealy embolsou o dinheiro e olhou para o maço na mão de Cassidy:

— O que você tem aí?

Cassidy contou o maço com o polegar:

— Oitenta e cinco.

— Não é muito.

— Será o suficiente. Da maneira que viajarei, não vou comprar passagens.

— E bebida? — Shealy perguntou.

— Não vou ficar bebendo.

— Acho que vai — Shealy disse. — Acho que você vai tomar muita bebida. Acho que pelo menos um quarto por dia. Esta é mais ou menos a quota quando eles estão fugindo.

Cassidy virou as costas para Shealy. Estava encarando a porta do roupeiro e disse:

— Seu bastardo grisalho.

Shealy disse:

— Tenho algum dinheiro no meu quarto. Um par de cem.

— Enfie.

— Se você esperar aqui, vou apanhar.

— Disse para enfiar. — Ele agarrou a porta do roupeiro e a bateu forte. — Não quero favor de ninguém. Estou só e é isso que quero. Apenas estar só.

— Você é um caso triste.

— Bom. Gosto quando estou deprimido e mal. Me divirto com isso.

— Nós todos nos divertimos – Shealy disse. – Todos os vagabundos, todos os desastres. Nós chegamos num ponto em que gostamos desse passeio decadente. Para o fundo, onde é macio, onde está a lama.

Cassidy não se voltou. Continuava a olhar para a porta do roupeiro.

— Isso é o que você disse outro dia. Não acreditei em você.

— Acredita em mim agora?

O quarto estava calmo, exceto pelo som sibilante de Cassidy respirando forte por entre os dentes. Bem no fundo de si mesmo ele estava chorando. Virou-se muito lentamente e viu Shealy em pé próximo a janela, sorrindo para ele. Era um sorriso de conhecimento, e era gentil e triste.

Os olhos de Cassidy atravessaram Shealy, passaram pela persiana da janela, das paredes dos prédios e da imunda escuridão cinza do cais.

— Não sei no que acredito. Há uma parte de mim que diz que não deveria acreditar em coisa alguma.

— Esta é a maneira sensata – Shealy disse. – Apenas desperte a cada manhã e seja o que for que aconteça, deixe acontecer. Porque não importa o que você faça, acontecerá de qualquer modo. Entre nela. Deixe que ela o leve.

— Pra baixo – Cassidy murmurou.

— Sim, pra baixo. Eis por que é fácil. Nenhum esforço. Nenhuma subida. Apenas deslize para baixo e curta a viagem.

— Claro – Cassidy disse e transformou seus lábios numa careta. — Por que eu não deveria curti-la?

Mas a idéia disso não era agradável. A idéia disso era contrária ao que ele queria pensar. Um momento de memória cortante entrou disparando em seu cérebro e ele viu o *campus* da escola, viu um bombeiro, viu o campo de pouso do La Guardia. E a imagem projetada dele mesmo num dos melhores restaurantes em Nova York. Sentou-se com as mãos limpas, camisa limpa, o cabelo aparado asseadamente. A garota do outro lado da mesa era doce e magra, uma graduada de Wellesley, e estava lhe dizendo que ele era realmente muito bonito. Ela estava olhando para suas mãos imaculadas...

Ele olhou para Shealy:

– Não – disse ele. – Não, não acredito em você.

Shealy retraiu-se.

– Jim, não diga isso. Ouça-me...

– Cale-se. Não estou escutando. Vá procurar outro freguês.

Ele passou por Shealy, visando a porta da frente. Shealy foi rápido e deslizou para bloquear a porta.

– Dane-se – Cassidy disse. – Cai fora do meu caminho.

– Não vou deixar você ir lá.

– Vou lá para falar com ela. Eu a trarei de volta aqui e a deixarei sóbria. Então eu a levarei comigo.

– Seu idiota. Eles o apanharão.

– Este é o jogo. Agora, afaste-se da porta.

Shealy não se mexeu.

– Se você levar Doris embora daqui, você a estará matando.

Cassidy deu um passo atrás.

– Que diabos você quer dizer?

– Eu não lhe contei? Tentei deixar claro. Não há nada que você possa dar a Doris. O que você faria é tirar a única coisa que a está mantendo viva. O uísque.

– Isto é uma mentira. Esse é o tipo da conversa que não posso tolerar. – Ele deu um passo em direção a Shealy.

E Shealy permaneceu ali, sem se mexer. Shealy disse:

— Tudo que posso fazer é lhe dizer. Não posso lutar com você.

Ele esperou que Shealy se mexesse. Disse a si mesmo que não deveria bater em Shealy. Seu rosto estava contorcido quando rosnou:

— Seu beberrão barato. Você é uma doença ambulante. Eu devia esmagar seus miolos.

Shealy suspirou, curvou a cabeça lentamente e disse:

— Tudo bem, Jim.

— Você vai desimpedir meu caminho?

Shealy concordou. Sua voz estava sem tom e muito cansada.

— É uma pena que não tenha conseguido passar a idéia. Mas tentei. Tentei mesmo. Tudo que posso fazer é armar os preparativos necessários.

— Como o quê?

— Vou colocá-lo num barco. Depois trarei Doris.

Cassidy olhou de lado para Shealy e disse:

— É esse o negócio? Melhor que não seja.

Shealy estava abrindo a porta.

— Vamos – disse ele. – Há um cargueiro no ancoradouro nove. Parte às cinco da manhã. Eu conheço o capitão.

Eles saíram e desceram rapidamente o beco na direção da rua das Docas.

Capítulo 10

ERAM QUASE quatro horas quando se aproximaram dos ancoradouros. A noite atingira o breu total da escuridão, as lâmpadas das ruas tinham sido apagadas e as únicas luzes eram tênues, aqui e ali, junto às laterais dos barcos. Quando chegaram ao ancoradouro nove, puderam ouvir o som abafado da atividade no convés do cargueiro. Era um barco laranja e branco, um *Liberty* remodelado. A pintura era nova e o barco estava brilhando ali na escuridão.

Um vigia do ancoradouro veio na direção deles. Cassidy praguejou num sussurro. Tinha visto o vigia de vez em quando no Lundy's Place e estava certo de que seria reconhecido. Retesou-se e começou a voltar. Shealy agarrou seu pulso e disse:

– Calma, calma.

O vigia disse:

– O que vocês estão fazendo aqui?

Cassidy tinha puxado a gola de sua jaqueta para cima. O rosto de lado, ouviu Shealy dizendo:

– Nós temos negócios com o capitão Adams.

– É? Que tipo de negócio?

– Você está cego? Este é Shealy. Da loja de velas da cidade.

– Oh – o vigia disse. – Oh, claro. Subam.

O vigia virou-se e voltou para sua pequena guarita e para o sanduíche que estava comendo ali dentro.

Eles galgaram a escada para o convés do barco e pularam por cima da amurada. Shealy lhe disse para esperar ali. Ele encostou-se na amurada e observou Shealy caminhando ao longo do convés e depois dando a volta. Acendeu um cigarro e disse a si mesmo que não estava nervoso. Permaneceu ali na amurada, fumando nervosamente.

Uns poucos marinheiros passaram por ele e o ignoraram. Começou a gostar da sensação de estar ali no barco. Era o melhor lugar para ele estar. Logo estaria deixando o porto e indo embora, e ele estaria nele. Com Doris. No navio e indo embora com Doris. Era isso que ele queria, estava profundamente certo que Doris queria isso também e que estaria acontecendo exatamente assim.

Então Shealy reapareceu acompanhado por um homem alto, de meia-idade, que usava um quepe de capitão e tinha um cachimbo de cerâmica na boca. Examinou Cassidy de cima a baixo, depois olhou para Shealy e sacudiu a cabeça.

Cassidy afastou-se da amurada, foi até eles e ouviu Shealy dizendo:

– Estou lhe dizendo que ele é legal. É um amigo meu.

– Eu disse não. – O capitão olhou calmamente a extensão do convés e para fora, no rio. – Lamento, mas é isso. – Ele virou a cabeça para olhar Cassidy. – Gostaria de ajudá-lo, senhor, mas simplesmente não posso correr o risco.

– Que risco? – Cassidy murmurou. Fez uma carranca para Shealy. Sabia que Shealy tinha posto todas as cartas na mesa.

Shealy disse:

– Jim, este é o capitão Adams. Eu o conheço há

anos e ele é um homem em quem se pode confiar. Contei-lhe a verdade.

Adams sorriu tenuemente para Shealy.

– Você fez isso porque sabe que sempre posso farejar uma mentira.

– O capitão é um homem brilhante. – Shealy disse a Cassidy. – Ele é muito educado e a coisa de que mais entende é de pessoas.

Cassidy sentiu os olhos do capitão se dirigirem para ele, examinando-o. Era como se estivesse sendo erguido com pinças, colocado sob uma lente, e não gostou disso. Olhou taciturnamente para o capitão e disse:

– Não tenho muito tempo. Se não pudermos fazer negócio, tentarei outro barco.

– Eu não aconselharia isso – Adams disse. – O que penso que você deveria fazer é...

– Poupe essa. – Cassidy virou-se e foi para a amurada. Começou a galgar a escada e sentiu uma mão sobre o ombro. Pensou que fosse Shealy, sacudiu o ombro e disse: – Se você vem, vamos. Não preciso desse drama.

Mas então, quando olhou, viu que era o capitão. Viu o sorriso no rosto do capitão. Era um sorriso inteligente e do tipo objetivo.

– Você é um caso interessante – Adams disse. – Estou pensando em talvez correr o risco.

Cassidy estava a meio caminho da amurada. Viu Shealy apressando-se para chegar perto. Shealy disse:

– É um bom risco, Adams. Você tem minha palavra sobre isso.

– Não quero sua palavra – o capitão disse. – Quero apenas alguns minutos a sós com este homem.

Ele se afastou da amurada e acenou para Cassidy. Continuou pelo convés e Cassidy foi até ele. Agora estavam em pé se encarando, ao lado de uma escotilha.

Adams disse:

– Você não pode me culpar por ser cuidadoso.

Cassidy não disse nada.

– Afinal de contas – Adams disse –, sou o capitão deste navio. Tenho responsabilidades.

Cassidy pôs as mãos nas costas. Olhou para o convés escuro, brilhante.

– Perdi um barco uma vez – Adams murmurou. – Na baía de Cheaspeake. Foi durante um nevoeiro e abalroamos um barco a vapor. Disseram que eu ignorei os sinais.

– Você ignorou?

– Não. Não havia nenhum sinal. Mas eles estabeleceram isto na investigação. O vapor pertencia a uma grande companhia. Ouvi meus próprios homens falando contra mim. Eu sabia que eles tinham sido pagos.

Por um momento pareceu a Cassidy que ele estava sozinho. Disse alto para si mesmo:

– Nenhuma maneira de provar isso. Nem uma maldita coisa que você possa fazer.

– Eu fiz alguma coisa – Adams disse. – Fugi. Fugi para muito longe e então gradualmente voltei. – Ele aproximou-se de Cassidy. Você demoliu aquele ônibus hoje? Foi sua culpa?

– Não.

– Tudo bem, está combinado. Acredito em você. Mas existe uma coisa mais que me aborrece. A mulher.

– Não quero ir sem ela.

– Shealy disse que você tem uma esposa.

Cassidy afastou-se do capitão, caminhou pelo tombadilho, foi para cima de Shealy e disse:

– Você tratou disso a sua maneira, não? Em outras palavras, ele me levará, mas não quer levar Doris.

– Você tem uma chance aqui – Shealy disse. – Não a perca.

— Para o inferno com ela. — Cassidy empurrou Shealy para um lado. Estava novamente na amurada.

E de novo a mão estava sobre seu ombro. Sabia que era Adams. Ouviu Adams dizendo:

— Você é um maldito trouxa. E eu sou um maldito trouxa.

— O que é isso? — Shealy disse.

— É um erro — o capitão disse a Shealy. — Sei que é um erro e acho que este homem, Cassidy, sabe disso. Mas nós o faremos de qualquer maneira. — Sua mão descreveu um gesto lento, pesado, para além da amurada. — Traga a mulher para cá.

Shealy deu de ombros, pôs as mãos na amurada e começou a pulá-la. Mas então Cassidy agarrou seus pulsos, segurou-o ali e disse: — Quero que você prometa.

— Não vê que estou indo?

— Isto não é bastante. Quero ter certeza.

— Farei o melhor possível.

— Agora, olhe, Shealy, não tenho nenhuma condição de fazer exigências. Você me foi muito útil esta noite e quero lhe agradecer por isso. Mas um favor não é um favor a menos que seja completo. Se não trouxer Doris, arruinará tudo para mim. Prometa-me que a trará.

— Jim, não posso prometer isso. Não posso tomar decisões por Doris.

— Não tomará uma decisão. Você sabe tão bem quanto eu em que condição ela está. A esta hora da noite ela está sentada lá no Lundy's podre de bêbada. Apenas leve-a para casa, ponha suas roupas numa sacola e depois traga-a aqui.

— Bêbada?

— Bêbada ou sóbria, eu a quero aqui.

Shealy reduziu sua boca a uma estreita linha. Engoliu em seco e disse:

– Tudo bem, Jim. Eu prometo.

Cassidy permaneceu na amurada e observou Shealy indo escada abaixo.

Poucos minutos depois Adams estava abrindo uma porta para ele e dizendo: – Aqui está seu camarote.

O quarto era pequeno, mas viu que havia um beliche, um tapete no chão e uma cadeira próximo à vigia. Havia uma penteadeira e uma pia. Disse a si mesmo que Doris ficaria confortável ali.

Adams estava acendendo o cachimbo. Segurou o fósforo aceso longe do fornilho, estudou o tabaco brilhante, deu uma tragada meditativa e soprou o fósforo.

– Quando a senhora vier a bordo, deverei mandá-la aqui? – disse ele.

Cassidy sorriu.

– Onde mais?

O capitão não estava sorrindo:

– Não queria me intrometer. Se quisesse camarotes separados...

– Ela fica comigo – Cassidy disse. – É minha mulher.

Adams deu de ombros. Ele virou o rosto para a porta. Foi até ela, começou a abri-la, então mudou de idéia e voltou para Cassidy. Seus olhos estavam solenes:

– É uma longa travessia.

– Para onde?

– África do Sul.

Cassidy abriu um sorriso largo.

– Isso é ótimo. Gosto disso. – Então, abruptamente, lembrou-se de algo e disse: – Quanto custará?

Adams deixou de lado.

– Está tudo acertado.

– Shealy?

O capitão concordou.

– Você pode pagá-lo quando tiver. Ele não terá nenhuma pressa.

Cassidy sentou-se na cama:

– Quando eu tiver – disse alto para si mesmo. Olhou para o capitão. Seu sorriso estava levemente contorcido. – Como são as coisas na África do Sul?

– Vão indo. – Como o capitão sabia que ia sair uma conversa, deu a volta, passou por Cassidy e apanhou a cadeira próximo da vigia. Consultou um relógio de bolso e murmurou: – Quarenta minutos. Tempo de sobra. – Então seus olhos ficaram calmos, velhos e sábios fitando Cassidy, e ele disse: – Não importa onde seja, África do Sul ou qualquer lugar, nunca é fácil quando você tem uma mulher em suas mãos.

Cassidy não disse nada.

– Se estivesse indo sozinho – o capitão disse –, não estaria tendo toda essa preocupação sobre as economias.

Cassidy olhou para o capitão e decidiu não dizer nada.

– Ela é uma garota saudável? – o capitão perguntou. – Você tem certeza de que ela pode suportar a viagem?

Cassidy disse a si mesmo para deixar o capitão continuar falando.

Adams deu uma longa tragada no cachimbo:

– É uma viagem dura. Este não é nenhum barco de recreio. Minha tripulação trabalha, mas você sabe como é. Eles ficam aborrecidos de vez em quando. Inquietos. Algumas vezes ficam cruéis. E quando há uma mulher a bordo...

– Eu cuidarei disso.

– Esta é minha preocupação principal – Adams disse. – Sou responsável por meus passageiros.

Cassidy olhou para o chão:

– Apenas dirija o barco, Adams. Guie o barco através do oceano.

– Sim – Adams disse. – Isto é o principal. Levar o barco em frente, chegar ao porto. Mas então há outras coisas. É isso que é ser capitão de um navio. O capitão é responsável pela tripulação, pelos passageiros. Se qualquer coisa acontecer...

– Não vai.

Adams tragou lentamente o cachimbo.

– Eu desejaria que fosse uma garantia.

– Eu farei disso uma garantia – Cassidy disse. Levantou-se. Estava ficando zangado, preocupado e infeliz. Disse a si mesmo que estava certo em estar zangado, mas era melhor que ficasse distante da preocupação e da infelicidade. Essa não era a maneira de iniciar esta viagem. Ela era muito importante, tinha um grande significado e ele não deveria pensar nela em termos de azar.

O capitão Adams estava dizendo:

– Afinal, quando existe uma mulher a bordo...

– Já basta.

– Estou apenas dizendo...

– Você está falando demais. – Ele olhou para o capitão. – Você fez um trato, não fez? Está tentando escapar dele?

Adams sentou-se confortavelmente, os tornozelos cruzados, os ombros relaxados contra a parede do camarote:

– Fiz um trato e você pode me manter nele. Isto, claro, a menos que você mude de idéia.

Cassidy respirou fundo:

– Quer que eu mude de idéia? Por que quer que eu faça isto? – Ele jogou os braços num gesto confuso, um tanto frenético. – Cristo todo-poderoso, homem, você nem sequer me conhece. Pra que todo o interesse fraternal?

– Interesse paternal.

– Ah, que se foda. – Afastou-se. Estava respirando muito forte, muitos pensamentos passavam por sua mente e ele tentou capturá-los para ver o que eram. Mas estavam correndo muito rápido.

Ouviu Adams dizendo:

– Estou tentando lhe dar uma direção.

– Não estou entendendo. Nem mesmo ouvindo.

– Você me ouve e sabe que tenho boas razões. Estou lhe deixando nervoso porque não tem nenhuma maneira de me responder. Não tem nenhum argumento. É exatamente como Shealy disse. Como ele me contou. Disse que esta garota, Doris, é uma beberrona, uma alcoólatra antiga, realmente em má forma. Ele disse...

– Para o inferno com o que ele disse.

– Nós não podemos conversar sobre isso?

– Não. – Cassidy fez um gesto na direção da porta. – É problema meu.

Adams levantou-se e foi até a porta:

– Sim – disse ele segurando a maçaneta. – Acho que você está certo sobre isso. – Estava girando a maçaneta e abrindo a porta. – É seu problema. E posso lhe dizer que é uma lástima maldita, é uma verdadeira dor. Mas se a quer tanto assim, você certamente a terá.

Cassidy virou-se para dizer alguma coisa, mas Adams tinha saído e a porta estava fechada. Ficou olhando para ela. Era uma porta comum feita de madeira, mas estava dizendo a si mesmo que era a porta de um camarote num navio indo para a África do Sul. Isto a tornava um tipo de porta especial. Era uma porta muito importante, pois logo ela se abriria novamente, Doris estaria entrando e então eles ficariam juntos no camarote deste navio que iria pelo oceano Atlântico, para sudeste pelo Atlântico, indo sempre direto, direto para o sul, para a África do Sul. Com ele. Com Doris. Indo embora juntos.

Era verdade. Aconteceria. E estava perto de acontecer, estava certo. E Shealy estava errado, o capitão estava errado. Eles estavam errados porque eram fracos. Apenas um par de velhotes fracos, escorridos, que tinham, há muito, perdido o vigor, o prumo e o ânimo.

Mas ele, Cassidy, ele não perdera nada disso. Ainda os tinha, solidamente guardados, firmemente presos e deixando-o saber – existimos. Existiam em sua mente, em seu coração, e ele disse a si mesmo que não os perdera, que nunca os perderia. Era a substância maravilhosa, o fogo, a onda, e enquanto existisse, enquanto se resolvesse e pulsasse, havia uma chance, havia esperança.

Atravessou o camarote para permanecer junto à vigia e olhou para a água escura lá fora. O rio revelava-se gentilmente a seus olhos, mostrando-lhe a extensa área de água além do rio. E ele sabia que logo seria o oceano, que ele estaria com Doris no camarote, olhando para fora juntos pela vigia e vendo o oceano.

E cruzando o oceano. Com sua mulher, Doris. Indo para a África do Sul. Oito ou nove dias neste navio no oceano e, então, África do Sul. Provavelmente Cidade do Cabo, e ele sairia e encontraria algum trabalho, talvez nas docas. Não teria problema de encontrar trabalho nas docas. Dariam uma olhada em sua corpulência, em seus músculos, e ele conseguiria um trabalho. Não seria muito, mas pagaria o aluguel e daria para a comida e, então, mais tarde, ele procuraria um emprego melhor. Afinal, a África do Sul era um grande lugar e as pessoas viajavam de cidade para cidade. Eles tinham ônibus...

Sacudiu a cabeça, dizendo a si mesmo que não devia pensar nisso. Mas, lá estava, via acontecendo, o ônibus rolando para fora da estrada e então sobre duas rodas, depois sobre nenhuma roda e colidindo contra as rochas e queimando. Na tela de sua mente as chamas eram verde brilhante, o verde gradualmente se tornando prateado, a cor de algo que não era um ônibus. Era uma fuselagem. Era parte do grande avião de quatro motores que caíra na extremidade do campo de La Guardia, próximo da baía pequena, queimando no pantanal.

Ainda mais, mesmo quando a queima, a combustão e o esplendor da chama o levaram a gemer sem som, disse a si mesmo para deixar de lado, pular sobre isso, apressar-se e afastar-se disso e pensar na África do Sul.

Então, novamente, estava pensando em Doris e em si próprio na África do Sul. Agora era capaz de pensar no fato de que eles tinham ônibus e, eventualmente, teria um bom emprego dirigindo um ônibus. Mas, espere, contenha-se, fique calmo e muito firme e apenas considere por um momento que na África do Sul havia aeroportos, havia linhas aéreas...

Claro.

Sua mão lentamente transformou-se num punho cerrado e, lentamente, como se em câmera lenta, socou a outra palma.

Claro. Claro. Era possível, óbvio que era possível. E quando ele se afastou da vigia, seus olhos estavam fechados e ele estava vendo um grande avião lá pelos céus da África do Sul. Via os passageiros no avião, a empertigada comissária de bordo asseada que falava com um sotaque britânico. Claro que todos eles falavam com um sotaque britânico, que todos eram educados e tinham aquela autêntica qualidade de serem capazes de se preocupar com seus próprios negócios. De qualquer forma, ele estava certo de que eles se preocupariam com seus próprios negócios e não fariam muitas perguntas. E se continuassem assim, o piloto do grande avião seria Cassidy.

Tinha de ser Cassidy. Iria ser Cassidy. O capitão no

controle, o homem encarregado, capitão J. Cassidy. E seu cabelo estaria cortado asseadamente, ele estaria barbeado e banhado, suas mãos cheirariam a sabonete, as unhas aparadas. O grande avião aterrissaria e haveria o pesado, sólido e maravilhoso som dos grandes pneus rolando firmemente na pista. Estaria lá, o grande avião chegando na hora e os passageiros desceriam pela rampa enquanto o capitão J. Cassidy fazia as anotações finais em seu relatório de vôo.

E então, enquanto caminhava para o prédio do aeroporto, ele veria Doris. Ela estaria lhe acenando. Ele veria o brilho e a doçura e tudo se tornaria mais maravilhoso a cada passo na direção dela. Jantariam fora essa noite, um jantar muito especial para celebrar seu primeiro ano com a linha aérea da África do Sul.

Estavam no melhor restaurante da Cidade do Cabo e o garçom lhes estendia os cardápios. Ele folheava um até que olhasse a lista de vinhos. Então olhava para Doris e lhe perguntava se ela gostaria de tomar um coquetel. Ela sorria e dizia que gostaria de beber um martini seco. Ele pedia que o garçom trouxesse dois martinis secos. Ele ouvia Doris lhe dizendo que ele era uma companhia muito agradável, que ele realmente era uma pessoa muito legal. Estavam sentados e era um maravilhoso jantar. Era lagosta e, enquanto quebrava uma garra, perguntava casualmente a Doris se ela gostaria de um pouco de vinho branco com a lagosta, e ela dizia que não, mas mais tarde, após o café, podia ser bom tomar um pouco de moscatel.

Claro. Era assim que seria. Era assim que ela beberia quando eles estivessem juntos na África do Sul. Um martini seco de vez em quando. Um pequeno copo de moscatel. E com ele seria o mesmo. Não haveria nenhuma necessidade de outra espécie de bebida. Na África do

Sul seria uma vida de tranqüila alegria, dos prazeres plácidos que teriam significado porque todo o tempo seria com Doris, seria viver com Doris e tudo seria bom e fascinante. Seria perfeito.

Claro. E então olhou para a porta do camarote. Sorriu ansiosamente, porque agora ele ouvia os passos vindo pelo corredor. Os passos eram femininos e ele permaneceu próximo à porta de forma que estivesse ali para abraçar Doris no instante em que ela entrasse no camarote.

A porta abriu-se, ele deu um passo à frente e então deu um passo atrás e ficou rígido. Estava olhando para Mildred.

Capítulo 11

Ele disse a si mesmo que não era Mildred. Não podia ser Mildred. Recuou para dentro do camarote até seus ombros atingirem a grossa borda de metal da vigia e viu Mildred fechando lentamente a porta atrás dela. Então observou a maneira com que ela pousou as mãos no cheio contorno dos quadris apertadamente vestidos e se firmou leviana e desdenhosamente numa perna, enquanto o olhava de cima a baixo.

Ele estava tentando se livrar do choque e do desânimo do momento longo, esmagador. Piscou várias vezes, abriu a boca, fechou-a e então simplesmente permaneceu ali olhando para Mildred.

Ela estava percorrendo o camarote do navio com o olhar. Havia um pequeno enfeite de marinheiro pendendo da parede, uma âncora de bronze, e ela caminhou até esta, sacudiu-a algumas vezes e disse calmamente:

– Onde você pensa que está indo?

Ela estava de costas para Cassidy. Viu o faiscante cabelo negro brilhando espessamente ao longo dos seus ombros. Ele disse:

– Vou dar um passeio de barco.

Mildred voltou-se para ele. Respirou profundamente, seus amplos seios incharam até parecerem que explodiriam para fora da gola da blusa.

– Você acha mesmo? – ela disse.

– Acho sim

– Mas está errado – Mildred disse. – Não é bem assim. Não é bem assim mesmo.

Ele a olhou ferozmente:

– Não é bem assim como?

– Não é tão fácil. – Então ela se virou e olhou para a extensa área limpa junto ao beliche. Esticou-se e bateu ali, como se testasse o colchão.

Cassidy disse:

– Como você soube onde eu estava?

Ela continuou a testar o colchão.

– Shealy.

Ele foi até ela e disse:

– Você é uma mentirosa. Você me localizou.

– É isso que você acha? – Ela estava confortavelmente na cama, sentando-se e recostando-se nos cotovelos. – Vá em frente e pense isso.

Cassidy queria caminhar, mas o camarote era muito pequeno. Alto, para si mesmo, ele disse:

– Onde está Shealy?

Mildred tinha pegado um maço de cigarros do bolso da saia. Enquanto acendia um, disse:

– Seu amigo Shealy está no Lundy's Place.

– O que ele está fazendo lá?

– O que sempre faz. Bebendo.

Cassidy alcançou-a e agarrou a parte carnuda do braço de Mildred.

– Eu disse que você é uma mentirosa. – Seus dedos apertaram-se sobre o braço dela. – Você vai me dizer a verdade...

Seu sorriso estava mortalmente perigoso e ela disse:

– Largue meu braço ou vai levar esse cigarro aceso no olho.

Ele soltou o braço. Foi para o lado mais distante do camarote e observou-a enquanto ela continuava a saborear o cigarro. Havia um cinzeiro de vidro cortado, grosso, na mesa perto da cama, e ela se esticou e o colocou sobre a cama ao lado dela.

— Vou acabar este cigarro — disse ela. — Depois nós vamos.

— Nós o quê?

— Eu disse que nós vamos.

Seu sorriso era um escárnio aberto.

— Vamos aonde?

— Você vai descobrir.

O escárnio tornou-se uma gargalhada:

— Não preciso descobrir. Já sei.

— Você pensa que sabe. Este é o seu grande problema.

De repente ele ficou confuso, com uma sensação de desamparo, e não podia entender isso. Fez uma carranca para ela e disse:

— Quero saber o que você está fazendo aqui. Qual é o seu jogo?

— Nenhum jogo — disse ela e deu de ombros. — É apenas a maneira como as coisas estão arranjadas. Você é meu, isso é tudo.

— Ouça — ele disse —, nós já decidimos isso e está tudo acabado. O melhor que você pode fazer agora é esquecer.

— Você ouviu o que eu disse. Que você me pertence.

Subitamente ele afastou o desamparo e sentiu a raiva emergindo e fervilhando:

— É melhor você cair fora daqui antes que eu a machuque.

Ela deu uma longa tragada no cigarro. Enquanto a fumaça saía de seus lábios, ela disse:

— Se eu for, você vai comigo.

Ele reprimiu a raiva, tentou manter a paciência e disse:

— Vou lhe esclarecer alguns fatos. Em primeiro lugar, não quero ir com você. Em segundo, não estou em condições de ir onde quer que seja exceto neste barco. Talvez você não tenha ouvido sobre o que aconteceu hoje...

— Sim, ouvi. Sei tudo a respeito. É por isso que eu estou aqui. — Ela tinha os olhos presos no compacto cinzeiro de vidro enquanto punha as cinzas dentro dele. — É uma boa enrascada, mas estou certa que posso tirá-lo fora dessa. Se você me escutar, se fizer como eu digo...

— Se eu escutar você, sou um maldito trouxa. Se fizer como você diz, vou ter o que mereço. A cadeia.

Ela misturou um franzir de sobrancelhas com um escárnio:

— Você não quer dizer isso realmente.

— Diabos que não.

— Bem — ela parou. — Você sabe o que eu acho? Eu acho que você está dopado, ou mais, que está louco, ou alguma coisa. O que há de errado com você?

— Coisa nenhuma — Cassidy disse. — É só que tenho meus olhos bem abertos. Sei o que você quer. Quer me ver rastejar. Fará qualquer coisa apenas para me ver rastejar.

Ela pôs uma mão sobre o quadril e a outra mão em cima da cabeça. Correu os dedos pelo espesso cabelo negro. Apenas permaneceu ali, olhou para ele e não disse nada.

— Claro — disse ele. — Você sabe que atingi o ponto em cheio. Você não me quer, nunca me quis. Você precisava das reclamações, nada mais. E gostava mais quando eu estava fervendo de louco. Ou algumas vezes, quando voltava muito cansado, tanto que mal poderia me mexer e você se divertia me deixando ocupado. Soltando estes grandes balões no meu rosto. Você obviamente se divertiu...

— E você? Eu não ouvia você se queixando.

– Você me ouve agora? – Ele avançou sobre ela. – Você não me aborrece mais. Dá para entender isso? Você pode fazer e desfazer tudo que quiser que não vai me afetar em nada. Tudo que vejo é uma gorducha dando uma rebolada.

Ela inclinou a cabeça pensativamente.

– Gorducha? Você me chama de gorda? Certinha do jeito que eu sou?

Ele começou a se afastar e ela segurou-o e sacudiu-o.

– Não me chame de gorducha. Você vai retirar o que disse?

Era claro que não queria que ele retirasse o que disse, queria uma batalha, e ele disse a si mesmo que se isto virasse uma batalha podia acabar desastrosamente para ele. A exata natureza do desastre era obscura nesse momento, mas compreendia que não podia se permitir ter outra batalha com Mildred. Olhou para ela e compreendeu algo mais. Ela certamente não era uma gorducha. Ela era todos os outros nomes com que ele já a chamara, mas não era uma gorducha.

– Tudo bem – disse ele. – Eu retiro.

Ele disse isto calmamente, quase gentilmente. Viu Mildred mordendo o lábio com desapontamento e consternação.

– Você vê como é? – ele disse, e seu tom permaneceu baixo e relaxado. – O interruptor está queimado. Não há nenhuma ignição. Você não pode mais me ligar e desligar.

– Não posso? – Ela tinha a cabeça levemente inclinada, de maneira que seus olhos chispavam para ele através das longas mechas negras e espessas.

– Não – disse ele. – Você não pode.

– E você está alegre?

– Claro. Isso parece bem melhor. Como quando tiram as correntes.

159

— Não acredito em você — ela disse. — Não acho que seja assim. — Ela mordeu o lábio muito forte. Virou o rosto para o lado e arqueou marcadamente as sobrancelhas. Como se ele não estivesse na sala, como se ela não estivesse dizendo isso alto, ela disse: — Você é um caso, Cassidy. Você é um caso danado de duro pra encarar.

— Talvez seja. — Ele lhe deu as costas e estava em pé junto à vigia, olhando para fora. — Não posso fazer nada. Sou eu.

— Tudo bem — Mildred disse. — É você. E esta sou eu. E o que acontece agora?

Ele viu algumas vagas listras de cinza no céu negro e sabia que estava se aproximando das cinco horas. Ele disse:

— Você pode me fazer um favor final.

— Como o quê?

Ele disse a si mesmo que devia se virar e encará-la. Mas, de alguma forma, não podia afastar os olhos do rio e do céu.

— Caia fora desse barco — disse ele.

— Isso é tudo?

Ele detectou alguma coisa esquisita, quase sinistra, em sua voz, arqueou as sobrancelhas através da vigia para a escuridão do rio e murmurou:

— Isto é tudo que posso pedir.

— Você pode pedir mais. Vá em frente, faça uma tentativa. Talvez eu tope.

— Escute, Mildred...

— Não enrole — ela lhe disse. — Apenas faça o pedido.

Ele respirou profundamente. Segurou-a e disse:

— Traga Doris.

Quando disse isso, compreendeu que tinha sido induzido a cometer um sério erro. Além de qualquer coisa, estava a estúpida consciência de que estava tratando com uma fêmea feroz; começou a se virar instintivamente e levou os braços à cabeça para proteger-se. Quando fez isso, viu o fascinante arco do grosso cinzeiro de vidro. Ela o segurava firmemente e bateu-o contra seu braço, quando ele se soltou ela atacou novamente com o cinzeiro. O vidro compacto veio rachando no seu crânio. Viu alguns ígneos triângulos verdes e círculos de amarelo ardente. Viu algumas faixas ondulantes de um laranja muito brilhante e sentiu o calor da cor. Depois disso, tudo ficou negro.

Capítulo 12

Havia muito balanço e ele disse a si mesmo que o navio estava num mar encrespado. Sentiu que o navio afundava ao pé de uma onda alta e então veio uma sensação desagradável, provavelmente era outra onda alta se quebrando contra o navio, levando-o para cima novamente. Concluiu que realmente estava um mau tempo, que o oceano estava enfurecido e que, se ficasse muito pior, o navio afundaria. Podia ser uma boa idéia ele ir até o convés e ver o que estava acontecendo. Talvez devesse acordar Doris e lhe dizer que o navio estava com problemas. Chamou seu nome, mas não podia ouvir a própria voz, apenas o rugido da tempestade que estava esmagando o navio.

Então foi como se não existisse nenhuma tempestade, esta passara e o navio tinha afundado. De alguma forma ele tinha sido resgatado e o estavam levando para algum lugar. Imaginou o que tinha acontecido a Doris. Ouvia vozes e tentou ver as pessoas, falar-lhes, mas tudo estava escuro e quando ele tentou emitir um som, apenas se engasgou com o esforço.

Bem, onde quer que o estivessem levando, certamente estavam com pressa. Talvez ele estivesse em muito mau estado e este era um daqueles casos de emergência. Pensou consigo mesmo se seriam ossos quebrados ou terríveis queimaduras, ou talvez ele tivesse afundado várias vezes e havia um monte de água em seus pulmões. Parecia uma combinação de tudo. Havia arranhões, fraturas, queimaduras e palpitação. Havia o som de gorgolejar e de estar ofegante. Havia a sensação de ser lentamente esmagado entre cilindros de borracha. A senda disso tudo era de altos e baixos, muito baixo e altíssimo, e baixo novamente.

Foi terrivelmente baixo na última viagem e acabou com um baque. Então tudo ficou imóvel, não havia nenhum ruído. Durou como se por um tempo muito longo.

Finalmente ele foi capaz de abrir os olhos.

Olhou para o teto de estuque rachado, alargado aqui e ali a mostrar as vigas de madeira lascadas. As paredes eram cobertas de papel e o piso era de assoalho rude, muito velho e sujo. A luz vinha de uma única lâmpada descoberta, pendurada diretamente sobre sua cabeça. Ele não podia entender por que a luz não estava incomodando seus olhos. Exatamente então a luz cegou-o e ele se retraiu e levou o braço à parte superior do rosto.

Ele imaginou onde diabos estava. Um pouco de dor golpeava-o atrás da cabeça e ele soltou um gemido.

Uma voz disse:

— Você está bem.

— Estou? — ele disse. — Isso é muito interessante.

— Você apenas tomou uma leve pancada na cabeça.

Ele era capaz de reconhecer a voz. Pertencia a Spann. Mas não tinha forças para sentar e olhar para ele. Manteve o braço sobre o rosto e com o outro braço tateou e sentiu a borda do catre em que estava deitado.

— Você quer alguma coisa? — Spann perguntou.

— Apenas me conte o que aconteceu.

— Mildred fez isso. Ela acertou você com alguma coisa.

— Você sabe o que eu acho? — Cassidy disse. — Acho que ela fraturou meu crânio.

— Não — Spann murmurou. — Não é nada disso. Não é tão ruim, afinal.

Cassidy sentou-se. Viu Spann sentado numa peça de mobília disforme e arruinada no canto mais distante do quarto.

— Onde nós estamos? — Cassidy perguntou.

— Andar de cima — Spann disse.

— Andar de cima de onde?

— Lundy's Place.

Cassidy esfregou os dedos com força nos olhos.

— Quem me trouxe aqui?

— Eu e Shealy. Aquele capitão nos ajudou a tirá-lo do navio. Nós o carregamos pela rua das Docas abaixo, para cima pelo beco e pusemos você para dentro pela porta dos fundos. Como fizemos isso sem sermos vistos, não sei. Mas fizemos.

— O que você quer, um prêmio?

— Deite-se, Jim. Não agrave o seu estado.

— Eu apenas gostaria de saber uma coisa. Quem pediu, seus bastardos, para se meterem?

— Ei, agora, olhe, se não fosse por nós...

— Se não fosse por você eu estaria naquele barco. Com Doris. Está me ouvindo? Nós estaríamos em nosso caminho para a África do Sul. Eu e Doris.

— Vá dormir, Jim. Falaremos sobre isso mais tarde.

Cassidy baixou a cabeça no travesseiro. Um instante depois estava se sentando, olhando para Spann e dizendo:

— Que horas são?

— Duas da tarde.

— Tarde? — Ele olhou para a luz elétrica. Então virou a cabeça para a janela atrás da cama e viu que estava muito escuro lá fora. Havia somente uma estreita passagem entre a janela e a parede do prédio vizinho, mas a passagem era densa, com uma escuridão estranha, taciturna.

— É outro dia medíocre — Spann disse. — A qualquer minuto vou descer.

Cassidy continuava a olhar para fora da janela.

— Quando ficar escuro assim, farei outra tentativa. Tentarei outro barco.

— Você não quer fazer isso.

— Não quero? — Ele se virou e olhou feroz para Spann. — Conte-me a respeito disso.

Spann levantou-se e deslizou até a cama. Ele mostrava um sorriso débil. Seus dedos longos brincavam com uma larga e fina cigarreira. Ele disse:

— Você é uma pessoa muito importante. Grandes manchetes e eles até mesmo deram no rádio. No cais, os tiras estão como moscas. Você não pode virar a cabeça sem ver um carro vermelho. Se saísse daqui agora eu aposto como o apanhariam num minuto.

Cassidy mordeu a borda da unha do polegar:

— É bom saber.

— Se ficar aqui — Spann disse — e se certas pessoas mantiverem suas bocas fechadas, talvez haja uma chance para você.

— Quem sabe que estou aqui?

— Eu e Shealy. E Mildred e Pauline. E Lundy.

— E quanto a Doris?

Spann deu de ombros.

— Se quer que eu lhe conte, contarei. Mas acho que isso é um erro. Acho que o melhor que você faz é...

— Me dê uma tragada.

Spann abriu a fina cigarreira. Acenderam cigarros. Spann aproximou-se da janela e olhou para fora, esticando-se para espreitar além dos telhados do prédio e dar uma olhada para o céu.

— Jesus Cristo — ele disse —, vai ser alguma coisa feroz. Vai ser um ciclone.

— Bom — Cassidy disse. — Espero que seja pior que isso. Espero que seja um terremoto.

Spann olhou para ele.

— Isso não é maneira de falar.

— É exatamente como estou me sentindo.

Spann afastou-se da janela e soprou uma tênue cortina de fumaça para o chão. Sacudiu um fino dedo indicador junto à fumaça, cortando fatias, e disse:

— Você dormiu umas boas nove horas. Deve estar faminto.

— Quer me trazer alguma coisa?

— Claro — Spann disse. — Gostaria de uma boa tigela de guisado?

Cassidy sacudiu a cabeça.

— Não. Nada para comer. Apenas me consiga uma garrafa de uísque.

Ele deixou a cabeça se aconchegar de volta no travesseiro e ouviu Spann saindo e fechando a porta.

Quando abriu os olhos novamente, era uma hora mais tarde e viu que alguma mobília tinha sido adicionada ao quarto. Havia uma mesa e algumas cadeiras. Viu-os sentados à mesa: Spann, Pauline e Shealy. Estavam sentados ali bebendo calmamente e ele notou que não tinha sobrado muito na garrafa.

Por alguma razão irresponsável ele não queria que soubessem que ele estava desperto. Tentou descobrir a razão, mas esta se esgueirou e brincava com ele, importunando-o. Ele tinha os olhos fechados e sua total atenção ainda estava dirigida para a mesa.

Ouviu Shealy dizendo:

— Não sei. Talvez eu tenha agido errado.

— Eu acho que você agiu — Pauline disse.

Spann disse a Pauline para calar-se.

— Não — Pauline disse. — Não quero me calar. Eu disse que era uma coisa podre de se fazer.

— Você vai se calar — Spann lhe disse — ou eu vou lhe arrancar a língua fora da boca.

Pauline disse:

— É claro como o dia o que acontecerá agora. Nós todos sabemos o que acontecerá. Sabemos que não podemos confiar em Mildred. Ela não presta, nunca prestou...

— Não é isso que me aborrece — Shealy disse.

— Isto deveria aborrecê-lo — Pauline lhe disse.

Houve o som de uma cadeira sendo arrastada. Cassidy abriu os olhos e viu Spann e Pauline levantando. Spann atirou a palma da mão no rosto de Pauline e esta se inclinou para trás para escapar, depois avançou muito rápido para arrancar um chumaço de cabelo de Spann. Ela puxou firme, Spann abriu bem a boca e gritou sem fazer um som.

— Oh, parem com isso — Shealy disse cansadamente.
— Parem com isso, vocês, por favor?

Pauline largou e voltou à sua cadeira. Spann baixou o rosto entre as mãos e ficou desse jeito por alguns instantes. Então apanhou um pente do bolso das calças e penteou o cabelo até que estivesse assentado e brilhantemente sedoso na cabeça. Sorriu meio que afetuosamente para Pauline.

— Agora, da próxima vez que fizer isso — ele lhe disse —, vou matá-la. Agarrarei sua garganta e não largarei até que esteja morta.

Pauline estava olhando para Shealy e dizendo:

— Claro que foi um erro. Não posso entender por que você não fez o que ele lhe pediu para fazer.

Shealy serviu um pouco de uísque num copo. Mandou-o garganta abaixo e disse:

— Eu tinha minhas razões. Estou começando a pensar que minhas razões não eram suficientemente boas.

— Bom, de qualquer forma — Pauline disse —, você foi bem-intencionado.

— Mas estraguei, não? — A voz de Shealy era seca, rascante e cansada. — Arruinei tudo para ele.

Spann disse:

— Acho que vou descer e trazer outra garrafa.

— Nós podemos usar outra garrafa — Shealy disse.

Spann estava na porta quando Pauline disse:

— Traga uma garrafa do especial.

— Esta não é para agora. — Spann estava abrindo a porta. — Esta é para mais tarde, quando pudermos saboreá-la.

— Eu a quero agora — Pauline insistiu. — Estou muito deprimida e preciso dela agora. Oh, Deus, olhe para Cassidy ali. Olhem para o pobre Cassidy. Olhem para ele, sonoramente adormecido. Eles o encontrarão, eles o apanharão. Sei que vão pegá-lo. Olhem para ele, destruiu o ônibus e matou vinte e seis pessoas...

Spann foi na direção dela, que apanhou a garrafa vazia e segurou-a acima da cabeça.

— Abaixe isto — Spann disse.

Pauline abaixou a garrafa até a mesa. Sentou-se e começou a chorar.

— Agora, escute — Spann disse gentilmente para sua namorada. — Você faria melhor do que dizer uma coisa como essa. Sabe que não foi culpa de Cassidy.

— Que diferença faz isso? — Pauline gritou. — O ponto é: ele está levando a culpa. Estão procurando por ele. E o encontrarão. E odeio pensar no que eles lhe darão.

A voz de Shealy estava reduzida a um sussurro desentoado.

— O que você acha, Spann? O que você acha que ele vai pegar?

— É difícil dizer. Eles podem pegar muito duro. Afinal, ele se mandou, está foragido. E outra coisa. Como disseram nos jornais. Ele tem aquele desastre de avião em sua ficha.

— Que desastre de avião? — Pauline perguntou.

— Você não sabia? Ele pilotava um avião. — O tom de Spann era puramente explanatório, como se o que ele afirmara fosse apenas um fato e não parte de um desastre pessoal.

Pauline estava incrédula:

— Você quer dizer Cassidy?

— Claro — Spann disse. — Um avião. Um desses grandões que nós vemos todo dia indo para cá e para lá. Um desse grandões prateados. Ele era o piloto. Então, no jornal, diz como um dia ele está carregado quando o avião decola e, em vez de decolar, simplesmente despenca, cai e começa a queimar. Então há um monte de gente morta. Eles puseram Cassidy na frigideira e então, depois de um tempo, o soltaram, mas está na ficha. Vê o que eu quero dizer? Está escrito lá na ficha.

— Que mais? — Pauline perguntou.

— Sobre a ficha?

— Não — Pauline disse. — Apenas sobre Cassidy. O que mais a respeito de Cassidy?

— Ela quer dizer as coisas boas — Shealy disse para Spann. — As coisas boas que eles não põem na ficha. O lado mais brilhante, como sua família, onde estudou, que colégio freqüentava.

— Colégio? — Spann disse. — Ele lhe contou que foi ao colégio?

— Não — Shealy respondeu. — Ele nunca mencionou coisa alguma sobre isso. Mas aposto como estou certo. Ele tem uma educação de colégio.

— Ele, obviamente, não fala assim — Spann murmurou.

— Eu lhe direi por quê — Shealy disse. — Ele passou

por um determinado processo. Algo da ordem da oxidação. Quando o brilhante polimento se vai e por um momento há apenas a superfície opaca, e então, lentamente, chega a ferrugem. É um tipo especial de ferrugem. Aquela que dá abaixo da superfície e abre um caminho profundo.

– Você me faria um favor? – Pauline disse para Shealy. – Você, por favor, pode me dizer do que é que você está falando?

– Estamos falando a respeito de Cassidy – Spann disse.

– Eu não lhe perguntei, seu lagarto. Tudo que lhe pedi foi para descer a escada e trazer uma garrafa.

Cassidy estava estirado de costas no catre, sentindo a pontada ardente de dor que estava, agora, aguda em seu crânio. Tinha a cabeça virada levemente, de forma que lhe era possível uma visão total deles na mesa. Viu Spann indo até a porta, abrindo-a e saindo. Então Pauline levantou-se da mesa e aproximou-se da cama. Os olhos de Cassidy estavam fechados novamente.

– Olhe para ele – Pauline disse. – Olhe para este pobre-diabo.

Ele podia sentir a pressão dos olhos de Pauline olhando para ele com simpatia, a pura bondade, a bondade que não era enfeitada.

– Eles o apanharão – Pauline lamentou. – Sei que eles o apanharão. Oh, Deus, eles o colocarão fora de circulação por cem anos.

– Nem tanto assim – Shealy disse.

– Quanto? – Sua voz dirigia-se à mesa. – Diga-me, Shealy. Qual é o castigo em um caso como este?

– Spann sabe mais a respeito disso do que eu.

– Spann nunca foi pego por isso. Spann esteve preso por falsificação e fraude. Por passar cheques frios e por fraude postal. Esteve preso por... bom, esteve preso por um monte de coisas. Mas nunca uma coisa como esta. Isso é bem diferente. Pelo amor de Deus, olhe o que está acontecendo a este pobre homem. Ele vai ser apanhado por homicídio coletivo.

— Gostaria que você sentasse e ficasse calma por um momento. — Shealy soou como se estivesse com dor.

— Você não está me ajudando em nada.

— Ajudando-o? — A voz de Pauline estava quebradiça. — O que você quer dizer com ajudando-o?

— Bom Deus — Shealy gemeu. — O que foi que eu fiz? O que foi que eu fiz?

— Eu lhe direi o que você fez. — Agora sua voz subira e tornara-se áspera e impiedosa. — Você pegou seu bom amigo Cassidy e mandou-o numa viagem direto para uma fria. Você mesmo admite isso. Você disse que lhe fez uma promessa. Prometeu-lhe que levaria Doris para aquele barco...

— Mas, eu sabia...

— Você sabia demais. Sempre sabe demais. Você vai por aí dizendo às pessoas o que sabe. Mas aqui está o que eu acho, Shealy. Acho que é um bobo alegre. E agora, está gostando?

— Não. Mas temo que seja verdade.

— Você está desgraçadamente certo que é verdade. É apenas um velho bêbado bobo alegre. Tanto que não consegue pesar a si mesmo em termos de quilos. Agora é em termos de litros. E outra coisa...

— Oh, por favor. Por favor, Pauline...

— Por favor, nada. Eu digo o que penso, não sou nenhuma hipócrita. Olhe para aquele homem ali no catre. Apenas olhe para ele. Eu lhe digo que meu coração sangra por aquele homem. Posso vê-los condenando-o por vinte, trinta anos...

— Talvez nós possamos...

— Não existe uma única coisa que possamos fazer e você sabe disso. Você teve uma chance de ajudá-lo, Shealy. Teve uma maravilhosa chance de realmente fazer algo por ele. E por Doris. Sim, por ele e por Doris. Pelos dois.

Shealy baixou a cabeça na mesa.

— Mas, não — Pauline disse. — Em vez de ajudá-lo, o que você fez? Em vez de contar a Doris onde ele estava, a quem você contou? Contou para aquela vagabunda suja, aquela galinha barrenta e desbocada, aquela coisa lamacenta que tem o colossal desplante de dizer que é casada com ele.

— Mas eles são casados — Shealy gemeu. — São marido e mulher.

— Oh, com que base? — ela perguntou. — Porque alguém foi pago para ficar na frente deles e ler algumas linhas? Porque Cassidy saiu e comprou uma aliança? Você está me dizendo que se tornou sagrado? Que pôs uma bênção sobre isso? Não vejo assim. Vejo de outra maneira. Afirmo que Cassidy foi amaldiçoado. Sim, desgraça, digo que ela pôs uma maldição sobre eles.

Shealy ergueu a cabeça levemente:

— Você diz isso porque odeia Mildred. Você a inveja. Ela tem visual.

— Visual? — Foi um guincho. — Se aquilo é o que chamam de visual, continuarei fina como um trilho e tratarei de afinar mais. Viverei de água e figos secos. Você vê essas coisas que tenho na frente? Eles são pequenos, não são? Mal aparecem. Mas eu lhe direi o que eles podem fazer. Eles podem atingir meu namorado, Spann, como disparos de balas de uma arma. Eles o atingem, ele vacila e fica de boca seca. Ele os olha e engole como se estivesse se engasgando com alguma coisa. Mas então, quando os dou para Spann, eu os dou para

mantê-lo vivo, como se ele fosse meu bebê e eu o estivesse alimentando. Às vezes eu choro, choro muito de leve, mas há lágrimas. Sussurro em seu ouvido. Eu digo:
"Spann, você é um depravado, você é um lagarto. Mas você é meu bebê".
– Se é assim – Shealy disse –, se você tem isso, não deveria invejar ninguém.
Pauline não o ouviu.
– Sim – ela afirmou enfaticamente. – Claro que eu sou esguia. Afinal, esta é a moda. Ser como uma palha, como uma taquara. Ser magra como você as vê nas revistas anunciando os vestidos. Ser daquele jeito. Feita daquele jeito. Não como uma maldita belonave.
– Então eu estava certo – Shealy murmurou. – Você a inveja.
Fez-se silêncio e Pauline abaixou-se numa cadeira à mesa. Finalmente ela disse:
– Sou doente. É por isso que sou tão seca. Sou seca e doente. Mas Mildred? Ela é saudável. Por que é que quanto mais abjetas, mais saudáveis elas são?
Shealy repousou seu queixo nos braços cruzados na mesa. Relanceou os olhos para Pauline e não disse nada.
Ela respondeu sua própria pergunta.
– Eu lhe direi por quê – disse ela. – Porque elas estão sempre tomando. Como sugadoras de sangue.
– Não – Shealy disse. – Não Mildred.
Pauline saltou e bateu o punho ossudo na mesa:
– Eu digo que sim – ela gritou. – Eu a chamo de sugadora de sangue imunda.
– Você não sabe nada a respeito disso.
– Mais do que você, Shealy. Muito mais do que você. – Ela bateu o punho contra a mesa. Começou a chorar.

Cassidy tinha os olhos semi-abertos. Notou que a luz da lâmpada elétrica tinha se intensificado, o que significava que estava ficando mais escuro lá fora. Ia ser uma grande tempestade. Tempo muito legal para abril, observou para si mesmo. Outra série de dores principiou disparando para trás e para frente dentro de sua cabeça e ele concluiu que devia ser alguma coisa séria. Se não era uma fratura de crânio, provavelmente era uma forte concussão. Ou talvez ele tivesse alguma espécie de hemorragia ali dentro. Disse a si mesmo que, realmente, não importava muito. Mas seria legal se Doris estivesse ali. Não, não era isso que ele queria dizer. Queria dizer que seria legal se ele não estivesse ali, se estivesse em algum lugar distante com Doris. E podia ter sido dessa maneira. Poderiam estar juntos no barco. Bem, era muito mau. Mas de repente ele não estava pensando naquilo. Estava escutando Pauline.

Pauline estava dizendo:

– Eu deveria saber tudo a respeito disso. Eu perdi. – Respirou profundamente e isso provocou um som triturante e depois um soluço estremecido. – Lembro do jeito que foi, foi há quatro anos atrás, aquele dia em que Cassidy entrou no Lundy's. Um monte de nós, garotas, estávamos lá e imediatamente estávamos olhando para ele. Eu especialmente, porque Spann estava dando um passeio e eu andava sem aquilo por meses e meses. Daí, estou sentada ali e vejo aquele espesso cabelo loiro encaracolado, aquele grande peito e todo aquele sólido bife de músculo, todo aquele homem legal.

– Oh, pare – Shealy disse. – Você esteve bebendo toda noite passada e todo dia de hoje e agora está pintando quadros.

– Estou? Este é um quadro que aconteceu. Do jeito que estava sentada lá, esperando que ele me visse. Eu lhe digo, fiquei cruzando minhas pernas e acendendo cigarros, apenas esperando que ele me notasse. Mas, não. Em vez disso ele nota alguma coisa sentada à mesa. Vê um grande par de melões apontando por debaixo de uma blusa.

– Esqueça isso.

– Eu estava sentada lá acendendo cigarros. Pesava quarenta e seis quilos.

– Foi há muito tempo atrás – Shealy disse.

– Foi há quatro anos e sentei lá e os vi saírem. Fui para meu quarto e escrevi uma longa carta para Spann. Então eu a li e a rasguei.

– Tudo bem – Shealy disse. – Tudo bem.

– Mas me deixe lhe contar. Vai me deixar? Foi depois de Mildred apanhá-lo para casar-se com ela. Foi quando tive a outra sensação. Quero dizer, apenas me sentindo triste por ele. Talvez apenas querendo tocar o fofo pêlo dourado em seu pulso grosso, ou dar-lhe um beijo muito leve no lado do rosto. Talvez tricotar-lhe um par de meias ou alguma coisa assim. Como ir ao seu quarto apenas para ver que a cama estava feita e que ele tinha um lençol limpo para dormir em cima. Cozinhar-lhe uma refeição decente porque estou pronta para jurar que ela nunca fez isso para ele. Lembro uma vez, no inverno, ele teve um forte resfriado e cuidou dele aqui, bem aqui no Lundy's Place. Sua garganta estava tão ruim que mal conseguia falar; ele ficou no bar e bebeu copo após copo de uísque até que este o deixasse desgraçadamente bem e doente e ele desabou. E onde estava sua esposa? Eu lhe direi onde ela estava. Ela estava passando um tempo em Chinatown. Em um daqueles lugares onde eles jogam fantã e bebem cachaça de arroz.

– Você quer dizer vinho de arroz. É bom. Eu provei.

– Sua esposa. Como você pode se sentar e dizer

isto? Como você pode dizer que ela tem sido sua esposa? O que ela fez por ele? O que ela lhe deu? Eu lhe direi o que ela lhe deu. Puro inferno.

A porta abriu-se e Spann entrou carregando uma garrafa de líquido incolor. Abriu a garrafa, Pauline estendeu um copo d'água e ele o encheu. Então ele encheu o copo de Shealy. Serviu o equivalente a uma dose em seu próprio copo.

Pauline ergueu o copo e tomou diversos goles longos. Bateu o copo semivazio na mesa, virou-se para Shealy e disse:

— Daí, isso é o que você fez. Em vez de contar a Doris onde ele estava, você contou a sua esposa.

Spann circulou a mesa, foi na direção de Pauline e disse:

— Você ainda está nisso?

— Quero que ele saiba o que fez. — Ele ergueu o copo até os lábios e tomou outro gole. — Shealy, é só porque eu o conheço há muito tempo. É somente por isso que sou tão sua amiga. Não fosse por isso, apanharia a garrafa e a esmagaria bem na sua cara.

Shealy levantou-se da mesa, cruzou a sala, abriu a porta e saiu.

— Isto apenas quase encerra — Spann disse gentilmente. Ele baixou a cabeça como se estivesse cumprimentando Pauline. Apanhou seu pulso como se pretendesse beijar as costas de sua mão. Mordeu-a forte e Pauline guinchou e arrancou a mão para longe.

— Olhe o que você fez — ela disse, indicando as marcas de dentes em sua mão. — Olhe, olhe!

— Eu lhe disse para deixar Shealy em paz. Por que você fica cutucando as pessoas?

— Olhe o que você fez com a minha mão.

— Isto é apenas uma amostra. Se começar de novo com Shealy, vou lhe dar o resto.

– Dê-me agora – Pauline disse. Ela recuou de forma que a mesa ficou entre ela e a Spann.

Spann começou a dar as costas para ela, que se esticou, levantou a garrafa e jogou-a nele. Errou por pouco e ele continuou imóvel, observando-a chocar-se contra a parede.

– Venha – Pauline disse. – Venha, lagarto.

O corpo magro e pequeno de Spann foi rachando ao redor da mesa e então, como um animal gracioso dando um bote preciso, voou para o lado de Pauline, apanhou seu braço e mordeu a parte superior deste. Pauline guinchou novamente e debateu-se para se livrar.

– Oh, mãe – ela guinchou. – Oh, Jesus.

Ela estremeceu e guinchou muito alto enquanto girava a cabeça e ficava ali permitindo que Spann mordesse seu braço.

– Me mordendo – ela gritou no mais alto de sua voz. – Olhe o que ele está fazendo. Está me mordendo até a morte. Por quê? Olhe para ele! Está arrancando meu braço.

Então, por um momento, ela se tornou interessada espectadora observando Spann enquanto ele mordia a parte superior do braço de uma mulher. Seus olhos arregalaram-se levemente, então de repente se fecharam, ficaram firmemente fechados e, com o outro braço, lançou o punho contra a fronte de Spann. Os dentes de Spann separaram-se e ele caiu de costas, colidiu com uma cadeira e aterrissou de lado. Pauline tinha outra cadeira nas mãos e a estava erguendo, mirando-a em Spann. Ele se agachou no chão, os braços na frente do rosto. Sem um som, implorou a ela para que não jogasse a cadeira. Ela levantou a cadeira mais alto. Então atirou-a em Spann e ele se jogou para um lado, mas não foi bastante rápido. A cadeira atingiu-o nas costelas e ele emitiu um som semelhante ao uivo de um cão. Ganiu novamente quando Pauline correu para ele. Continuou uivando enquanto rolava pelo chão, evitando os dedos ameaçadores dela.

Ela o teve por um instante, mas ele fugiu, correu para a porta, abriu-a e fugiu apressadamente.

Pauline caiu de joelhos. Vibrou o punho para a porta. Escancarou a boca e soluçou arfante. Esticou-se de forma a ficar estendida no chão e bateu os punhos contra a madeira lascada. Continuou fazendo aquilo até que um ruído do outro lado do quarto fizesse com que ela erguesse a cabeça.

O ruído foi feito pelas molas do catre quando Cassidy se sentou lentamente.

Pauline olhou para ele e lamentou-se:

– Oh, mãe.

– Me arranje uma bebida – Cassidy disse. Ele franziu as sobrancelhas enquanto ela se levantava do chão. – Vá em frente, desça a escada e me traga uma garrafa. E não aquela porcaria branca. Quero uísque genuíno.

Pauline sorriu esplendorosamente. Passou a mão pelo rosto manchado de lágrimas.

– Diga ao Lundy para pagar esta – Cassidy disse. Então se lembrou do rolo de notas nos bolsos das calças. Vasculhou debaixo do cobertor fino e descobriu que não estava usando calças. Estava apenas com suas cuecas de algodão.

Pauline correu para fora da sala. Cassidy sentou-se rigidamente ereto na cama, imaginando o que tinham feito com suas calças. Maldição, ele tinha uns oitenta dólares naquelas calças. Seus lábios estavam muito cerrados, grampeados horrivelmente quando ele disse a si mesmo que precisava daqueles oitenta dólares, era tudo que tinha. Subitamente ficou consciente de algo mais importante do que dinheiro. A dor ruim tinha ido embora e agora havia apenas uma dor embaçada que também parecia estar amenizando. Ele podia sentir o equilíbrio e a clareza retornando a sua cabeça. Apalpou acima e atrás e sentiu a pancada no crânio. Doía agudamente quando tocava, mas era somente o ferimento e não ia mais profundo do que aquilo. Estava seco e ele soube que a pele tinha sido cortada e era apenas uma pancada ruim na cabeça, nada mais.

A porta abriu-se e Pauline entrou com uma garrafa de uísque autêntico e um maço de cigarros. Acendeu dois cigarros e encheu dois copos d'água quase até em cima. Puxou uma cadeira para perto do catre, sentou-se e deu a Cassidy cigarro e bebida.

Cassidy bebericou o uísque e sacudiu a cabeça.

– Pauline, odeio incomodá-la novamente, mas quero um pouco d'água. Meu estômago está vazio e vou precisar de um reforço.

– Ora, certamente, querido. Tudo que quiser. – Ela correu para fora do quarto e voltou com um copo d'água.

– Obrigado – Cassidy disse. Deu um longo mas rápido gole no uísque.

Pauline sorriu para ele.

– Agora beba sua água, querido. Beba tudo.

Ele emborcou um pouco da água. Então repetiu isso com o uísque e a água. Tragou o cigarro, inalando muito profundamente e deixando a fumaça sair lentamente. Fez uma careta para Pauline e disse: – Agora me sinto melhor.

– Oh, isto é maravilhoso, querido. Isto é simplesmente maravilhoso.

Ele bebeu um pouco mais de uísque.

Pauline disse:

– Agora, olhe, querido, se há qualquer coisa que eu possa fazer, apenas me diga. Qualquer coisa mesmo.

— Apenas sente-se aí — ele disse. — Apenas sente-se aí e beba comigo.

Eles ergueram os copos e se olharam enquanto bebiam.

Então houve o súbito estalido de eletricidade colérica no céu e Pauline deu um gritinho. Cassidy virou-se e olhou para a janela. Viu que estava quase completamente negro lá fora. O som agudo crepitante veio novamente e, além dele, como um efeito de baixo, houve o ruído surdo ressoando.

— Aqui — Pauline disse. — Aqui está outra bebida.

Ela estava enchendo o copo novamente. Estendeu-o para ele e completou seu próprio copo.

Cassidy bebeu um pouco de uísque e misturou-o com água. Ergueu o copo de uísque para tomar outro tanto e, então, notou a maneira como Pauline estava sentada olhando para ele. Seu rosto muito magro e muito branco estava mais branco que o usual e os olhos estavam extremamente agudos e brilhantes.

Ela disse:

— Não tenha uma idéia errada. Não é que eu não queira Spann. Acho que sempre vou querer Spann.

Cassidy abaixou o copo até o chão. Acendeu outro cigarro.

— Mas, daí — Pauline disse —, se você quisesse me tirar de Spann, acho que poderia fazer isso.

Ele sorriu para ela. Entortou o sorriso e sacudiu a cabeça.

— Bem, de qualquer jeito — disse ela —, você podia tentar.

Houve outro estalido sonoro que ribombou no ar em cima do Lundy's Place, Pauline estremeceu violentamente e derramou um pouco de uísque no cobertor sobre as pernas de Cassidy.

– Oh, Deus – ela disse. – Oh, Jesus.

– É apenas o tempo. – Ele esticou-se na cama e pôs a mão sobre o joelho dela para tranqüilizá-la.

Mas ela continuou tremendo e seus lábios palpitaram.

– Escute isso. Quando soa desse jeito me assusta até espantar a vida de mim. Me faz pensar que é o fim do mundo.

– Talvez seja.

– Oh, não – ela disse muito rápido. – Oh, não. Cassidy, por favor, não diga isso.

– Mas suponha que seja. Qual é a diferença?

– Oh, pelo amor de Deus. Oh, por favor, querido, você não devia falar assim. Oh, por favor, por favor. – Ela estava derramando uísque no cobertor, depois deixou o copo emborcar na beira do catre. Começou a chorar novamente. Enrolou os braços no cobertor, onde este cobria as pernas de Cassidy. Apertou suas pernas e abriu caminho na direção dos joelhos, passando por eles.

Ele segurou seus pulsos e disse:

– Ei, onde você está indo?

– Você tem de me acreditar. Não é que eu não queira Spann.

– Então, o que você quer?

– Nós não podemos ter uma sessão? Apenas uma?

– Não – ele disse. Sentiu-se triste por ela e não havia nenhuma maneira de dizer ou mostrar isso, de modo que disse zangadamente: – Se não consegue segurar seu uísque melhor do que isso, caia fora daqui.

– Querido. Não estou bêbada. Não me magoe.

– Tudo bem, então. Corte essa. Comporte-se.

– Olhe para mim, estou chorando. Olhe como estou trêmula. Acho que é um monte de coisas. Ver você aqui desse jeito. Todo agredido com uma pancada na cabeça e incapaz de se mexer para fora desse quarto. Escondendo-se aqui como um animal. Escute, querido, tenho de lhe contar isso. Você não tem chance. Sei que não. Não está vendo? Quero apenas fazer alguma coisa por você, fazer você se sentir melhor.

Ele largou seus pulsos. Ela pôs as mãos nas costelas dele, que se sentou e permitiu que ela fizesse aquilo. Ela o abraçou na cintura e abaixou a cabeça de forma que ela se recostasse nele. Ele a acariciou na cabeça e com a outra mão tateou o lado da cama, ergueu o copo de uísque e tomou um gole. Pauline virou a cabeça e ele lhe deu um pouco de uísque.

– Aí – ele disse. – Que tal?

– Oh, querido. – Ela ergueu-se um pouco de forma a jogar todo seu peso contra o peito dele. – É uma vida podre. Algumas vezes daria qualquer coisa para estar morta. Olhe o que estão fazendo para você. Um homem bom, doce, honesto, e, sim, quero dizer isso, quero dizer isso de coração. E é aí que me dói, porque sei que eles vão prendê-lo durante anos, anos e anos. Os bastardos sujos. Todos eles.

Ele olhou além da cabeça dela, viu o papel de parede rasgado do quarto e disse:

– Você é uma boa amiga.

– E você, querido, – ela disse –, você está bem cotado comigo. Sempre esteve.

Eles estavam sorrindo afetuosamente um para o outro e ele disse:

– Você não está magoada comigo?

– Por que eu estaria magoada?

– Bom, eu disse não.

– Ah, querido, está tudo bem. Estou contente por você me ter dito não. Acho que apenas me confundi por um minuto. Agora estou calma. Mas ainda gostaria que houvesse alguma maneira de poder ajudá-lo.

Exatamente então as paredes pareceram gemer e estremecer, do lado de fora houve um barulho tremendo e um outro ruído e uma chama branca-azulada entrou ardendo pela sala.

– Oh, mãe – ela gargarejou.

Cassidy segurou-a pelos ombros.

– Escute – ele disse. – Há uma maneira de você me ajudar. Quero que vá encontrar Doris.

Ela estava olhando para a janela.

– Doris?

– Encontre-a e traga-a aqui para cima.

– Quando?

– Agora – ele disse. – Se você for agora, não será apanhada pela chuva.

Pauline afastou os olhos da janela. Olhou para Cassidy, concordou seriamente e disse:

– Está certo. Eu irei, vou encontrar Doris e a trarei aqui. Porque é onde ela deveria estar. Com você. Você está absolutamente certo.

– Então, vá – ele disse. – Depressa.

E ele a empurrou gentilmente para longe da cama e viu-a caminhando para a porta. Mas, então, não estava olhando mais para ela. Olhava para a porta quando esta se abriu e Mildred entrou.

Pauline se espantou com a precipitação da entrada de Mildred, gritou e virou para um lado. Então foi até a porta, tentando passar por Mildred.

– Qual é a pressa? – Mildred disse. Ela deu um passo atrás e bloqueou o caminho de Pauline.

– Me deixe sair – Pauline disse.

Mildred estava olhando para Cassidy.

– O que está acontecendo?

– O que você tem a ver com isso? – Pauline guinchou. – Quem a convidou para entrar?

Mildred virou a cabeça levemente e franziu as sobrancelhas para Pauline.

– Por quê? Eu não deveria entrar?

Em vez de responder, Pauline tentou alcançar outra vez a porta. Mildred agarrou-a pela cintura, ergueu um cotovelo para imobilizá-la e dobrá-la. Pauline começou a se debater e Mildred apertou mais. Seu cotovelo pressionava o queixo de Pauline. A cabeça de Pauline estava curvada bem para trás.

– Apenas me responda – Mildred disse para Pauline. – Apenas me conte o que está acontecendo.

Pauline tentou falar, mas a pressão contra seu queixo a impedia de mover as mandíbulas.

Cassidy disse:

– Largue-a.

– Vou quebrar seu maldito pescoço – Mildred disse. Ela aplicou-lhe uma espécie de soco com o cotovelo, Pauline caiu para trás e sentou-se em cheio no chão.

Cassidy rolou para fora da cama e partiu na direção de Mildred. Ela permaneceu ali esperando por ele, as mãos nos quadris, os pés plantados firmes, fortalecendo-se, toda pronta para ele.

Ele se desviou de Mildred e focou sua atenção em Pauline. Foi ajudá-la a se levantar do chão. Pauline tinha caído sentada com muita força e tinha um olhar pensativo, um tanto preocupado, enquanto tateava para esfregar seu traseiro pobremente acolchoado.

– Ei, ora essa – ela disse. – Parece que fraturou.

Mas então viu Mildred em pé e instantaneamente esqueceu de tudo, menos da animosidade que sentia por ela. Seus olhos apertaram-se, ela sorriu tênue e maldosamente e disse para Mildred:

– Por favor, perdoe-me. Eu deveria lhe ter contado. Seu marido estava me mandando dar um recado.

Mildred não se agitou.

– Que tipo de recado?

Pauline alargou o sorriso.

– Ele quer Doris.

Silêncio por alguns momentos e então Mildred disse:

– Tudo bem, queridinha. Está tudo bem comigo. – Ela se afastou de lado, dando a Pauline caminho livre até a porta. – Vá em frente. Vá trazer Doris.

O sorriso desvaneceu-se dos lábios de Pauline e seus olhos começaram a se arregalar. Saiu do quarto e fechou a porta.

Cassidy foi para a cama e sentou-se na borda. Acendeu um cigarro e, quando deu a primeira grande tragada, ouviu um outro longo estrondo de trovão. Virou a cabeça, olhou para fora da janela e viu os primeiros grandes pingos caindo. Então houve mais pingos e mais rápido, mais rápido, mais alto, e depois realmente desabou.

Ele ouviu Mildred dizendo:

– Acho que ela não vai trazer Doris. Seria louca de sair lá fora nessa chuva. Olhe o jeito que está chovendo.

Ele manteve os olhos na janela. Observou a torrente de chuva chicoteando.

Então sua voz se tornou parte da torrente, com a sua força e tremor quando disse:

– Não sei por que você está aqui, mas estou esperando Doris aqui. Quando ela vier, porei você para fora.

Capítulo 13

ELE ESPEROU que ela respondesse imediatamente e preveniu-se para o que pensava que seria uma violenta reação. Em vez disso, estava silêncio no quarto e este parecia ser mais pesado do que o som da tempestade lá fora. Então, após um instante, ouviu o tilintar da garrafa contra um copo. Ele virou-se da janela e olhou para o centro do quarto.

Mildred estava sentada à mesa. Servindo-se de uma boa dose. Ela estava sentada confortavelmente com a bebida e um cigarro, curvada só um pouco para a frente, de forma que seus cotovelos roliços estavam sobre a mesa, os formidáveis peitos projetando-se como uma prateleira, as costas bem inclinadas ao longo da espinha, até que atingisse o início das arrojadas curvas generosas, muito firmes, muito redondas, equilibradas com o resto dela, as desavergonhadas e exuberantes curvas.

Ela viu Cassidy olhando para ela, curvou-se mais para a frente e girou o corpo apenas um pouco, de forma que estava efetivamente mostrando a elegância de sua cintura em contraste com as grandes e generosas curvas acima, na frente e atrás. Então, muito lentamente, ergueu um braço e deixou os dedos afundarem profundamente na massa espessa de cabelo negro e, com o outro braço, meio que brincou com a parte de cima da blusa. Gradualmente os botões de cima foram escorregando para fora das casas. Ela se curvou apenas um pouco mais e mostrou o avanço massivo dos seios nus que tentavam escapar do sutiã.

Cassidy deu as costas a ela e foi até o catre. Ficou em pé ali, olhando o cobertor amarrotado. Ouviu o som suave, quase imperceptível, de tecido escorregando. Estava inteiramente à parte do som da tormenta lá fora. Em seus ouvidos tornou-se alto.

Ele girou e foi até a mesa, sem olhar para Mildred. Seus olhos miravam a garrafa, os copos e os cigarros. Sentou-se e serviu uma dose. Ouviu o som de alguma coisa macia atingindo o chão, olhou e viu que era a blusa dela.

Ele se afastou novamente da mesa. Carregou a bebida e o cigarro para a cama, sentou-se aos pés dela de maneira a ficar olhando a porta. Pôs o copo de uísque no chão, deu algumas tragadas no cigarro e então, lentamente, baixou a mão na direção do copo, ergueu-o até os lábios e começou a beber o uísque quando ouviu o som metálico de um zíper sendo aberto. Derramou um pouco de uísque no queixo.

Então houve uma espécie de som denso e definido de vestido escorregando pelos quadris. O som da tempestade veio rachando, parecia retroceder para permitir que os sons do quarto se tornassem dominantes, então crescia novamente, daí retrocedeu de novo. Cassidy começou a dirigir os olhos para o centro do quarto, empurrou a cabeça para trás para fixar os olhos na porta, no chão, em qualquer lugar que não fosse a mesa. Mas exatamente então algo em roxo vivo veio voando, passou por seus olhos e caiu no chão, a seus pés.

Ele olhou para aquilo. O roxo vivo era a sua cor favorita, tinha o hábito de tingir todas as peças íntimas nesse tom vivo e provocante. A anágua jogada a seus pés era de um roxo radicalmente vivo e quando ele a olhou, parecia estar em fogo. A chama roxa veio cintilando a seus olhos e ele se retraiu e mordeu forte o lábio. Olhou para o copo de uísque na mão e, subitamente, pareceu que algo estava acontecendo ao uísque. A cor do uísque era roxo vivo.

Cassidy levantou-se e arremessou o copo de uísque na porta. Houve o som de vidro quebrando, mas este foi apenas um som baixo, porque exatamente então o estouro de uma trovoada abalou o quarto.

A luz elétrica se foi.

Ele olhou para cima na completa escuridão, tentando adivinhar onde estaria a lâmpada. Talvez ela precisasse de uma apertada. Ele tateou para o alto, moveu a mão para trás e para frente e não sentiu a lâmpada ou o fio. Abaixou o braço e deu um passo atrás, para o centro do quarto. Houve outro estrondo ribombante da tempestade lá fora e então, subitamente, a luz voltou outra vez.

A beira da mesa parecia estar pressionando suas costas. Ele encarava a janela. Era como uma estranha espécie de espelho feito de vidro negro, com pequenas poças d'água correndo selvagens em toda a sua extensão. Mas contra o preto molhado havia uma trêmula luz branca, e então, contra o branco, havia o roxo vivo. Manteve as mãos segurando a beira da mesa enquanto olhava para a janela e via o movimento do roxo vivo que se destacava do branco.

Ele ouviu quando aterrissou no assoalho. Olhou para baixo e viu o sutiã roxo vivo no chão.

Suas mãos afastaram-se da borda da mesa. Ele foi lentamente para a cama. Disse a si mesmo para se meter debaixo do cobertor, fechar os olhos e tentar dormir. Saltou para o catre e começou a puxar o cobertor sobre as pernas e ombros. Houve um som vindo do centro do quarto. Era o som de madeira arranhando o assoalho quando uma cadeira é empurrada.

Cassidy jogou o cobertor para fora da cama e atirou as pernas para o lado. Começou a se levantar, mas viu algo na sua frente que fez com que ele piscasse, com que ele caísse de volta na cama. Era como se tivesse sido atingido no peito com uma marreta.

Viu Mildred em pé no meio do quarto. Ela usava sapatos, meias e calcinha roxa. Suas mãos estavam pousadas na curva dos quadris. Os seios estavam empinados e totalmente à mostra, e os mamilos pareciam estar precisamente apontados.

Mildred disse:

— Venha aqui.

Ele tentou arrancar os olhos para longe dela. Não podia fazer isso.

Sua voz era macia, rica e densa. Como leite condensado. Ela sorriu e deu um passo na direção dele.

— Fique longe — ele disse.

— O que que há? — ela perguntou calmamente com a voz melosa. — Não gosta do que está vendo?

— Já vi antes.

Ela levou as mãos aos seios. Colocou-as embaixo deles e examinou sua amplidão e peso.

— Eles estão mais pesados agora do que nunca estiveram. Não são vistosos?

Ele se sentiu como se estivesse sendo esganado.

— Sua vagabunda barata.

— Mas olhe para eles.

— Você sabe o que eu deveria fazer? Eu deveria...

— Vamos, olhe para eles — ela disse.

Ele disse a si mesmo que não seria difícil. Era apenas uma questão de afastar a mente do que estava vendo e pensar unicamente em termos de como ela era baixa.

Ele se recostou na cama, descansando sobre os cotovelos, inclinou a cabeça um tanto prudentemente e disse:

— Sim, eles não são maus. — Ele deixou os olhos darem a ela uma idéia do que ia dizer. Os olhos estavam brutais. — Nós devíamos andar juntos às vezes. Quanto você cobra?

Ou aquilo não funcionou ou se funcionou ela estava deixando passar. Não disse nada. Deu outro passo na direção dele.

Os músculos nas suas mandíbulas se retesaram.

— Acho que não fará nenhum bem xingá-la. Acho que a única coisa que posso fazer é esbofeteá-la.

Ela sorriu melosamente, luxuriante, o lábio inferior cheio e brilhoso. Ela disse:

— Você não quer fazer isso.

Então, meio que flutuando, não tão rápido, mas quase subitamente, não violentamente, mas com a agressividade que dominava o momento, ela foi até ele, e colocou os braços ao redor do seu pescoço enquanto sentava no seu colo. Pressionou os lábios contra sua boca e eles estavam repletos e molhados com o denso calor aveludado que se tornou mais morno. Então estava muito morno e na verdade era fogo úmido.

Ele ouviu o sussurro que trazia uma lâmina nele.

— Você ainda quer aquela outra mulher?

Tudo ficou muito lento e como uma onda poderosa; a maneira com que ela mantinha seu peso pressionando-o, a presença de suas mãos nos lados de seu rosto enquanto os lábios beijavam fogo para dentro dele, e então a maneira que seus dedos se arrastavam, passando pelas têmporas e penetrando no cabelo, embaraçando-os e retorcendo.

— Você ainda quer Doris?

Ela o tinha agora com os ombros estirados no cobertor. Ele olhou para cima e viu a chama negra dos seus olhos. Compreendeu subitamente que suas mãos estavam sobre ela e disse a si mesmo para parar e fazê-la parar. Tentou afastar as mãos, mas elas se recusaram a largar. Então seus braços se enroscaram ao redor da cintura dela e ele a rolou, mas não de todo, porque ela estava fazendo alguma coisa com a boca na boca dele que o fazia parar de se mexer e meio que o deixava louco.

– Bom? – ela suspirou. – Você ainda a quer? Tem certeza?

Então houve mais do que ela estava fazendo. Então houve alguma coisa mais. E houve mais daquilo. Ele ouviu a mistura de estalido e baque quando tirou os sapatos dos pés e eles atingiram o chão. O som se amplificou em seus ouvidos e abriu caminho através do cérebro. Ecoou e ecoou novamente. Era o eco de todas as vezes em que ela tinha tirado seus sapatos enquanto eles estavam na cama juntos e estava chovendo lá fora.

– Você quer fazer alguma coisa? – Sua voz era baixa e rouca, e a cor dela era roxo-escuro. – Você gostaria de tirar minha calcinha?

Ele pôs as mãos na tira de elástico ao redor da cintura dela.

– Faça devagar – ela disse.

Ele começou a puxar a calcinha para baixo, passando por suas coxas.

– Mais lento – ela disse. – Quero fazer isso lento mesmo. Faça legal.

Ele abaixou a calcinha muito lentamente e levou-a até seus tornozelos. Deslizou-a pelos tornozelos e a deixou cair no chão. Então ele se sentou e olhou para ela enquanto ela se estirava de costas, sorrindo para ele. Inclinou a cabeça na direção da vistosa riqueza de seus seios fartos.

– Pegue-os – ela suspirou, os olhos semicerrados, mas com o brilho passando através das pestanas.

Então foi toda a riqueza, o selvagem sabor, e continuou até que subitamente algo o estava empurrando para longe. Ele não tinha nenhuma idéia do que o estava empurrando. Era algo tangível e ele certamente podia senti-lo, mas não podia aceitar a realidade daquilo. Ele apenas não podia acreditar que as mãos dela estavam em seu peito e que ela o estava empurrando para longe.

– O que é isto? – ele resmungou.
– Levante.
– Para quê?
– Apenas isso.

Ele tentou colocar o cérebro em funcionamento.
– Isso o quê? – Agora ele sabia o que ela realmente queria dizer. Ela não estava brincando, estava realmente empurrando-o.

Ela o empurrou firmemente e rolou sobre si mesma para o outro lado do catre. Então se levantou, deu uma volta e foi até a mesa no meio do quarto. Apanhou o maço de cigarros e pegou um. Pôs o cigarro na boca e acendeu um fósforo.

Quando o fósforo se inflamou ela se virou e sorriu para Cassidy através da chama. Tragou profundamente e, enquanto a fumaça saía de sua boca, disse:

– Deixe-me pôr minha calcinha.

Ele olhou para o chão e viu a calcinha roxo-vivo. Estendeu-se lentamente e apanhou-a na mão.

– Devo levá-la até você?
– Apenas me deixe colocá-la.
– Acho que você quer que eu a leve até você – ele disse. – Quer que eu rasteje até aí sobre minhas mãos e joelhos.

Ela continuou fumando o cigarro.

– Isso é o que você quer – Cassidy disse. – Você quer que eu rasteje.

Ela não respondeu. Deu uma longa tragada no cigarro e soprou a fumaça na direção de Cassidy.

Ele observou a fumaça flutuando, viu-a ali do outro lado da fumaça. A calcinha roxo brilhante era algo quente resplandecendo em sua mão e ele a jogou pela sala até que se chocasse na parede e caísse no chão.

– Não estou rastejando – disse Cassidy.

Mas dizer isso não era o suficiente. Ele sabia que tinha de fazer alguma coisa para evitar que rastejasse. Ele estava vacilante, embrigado, aturdido, quase derrubado, sem sentidos com a necessidade de possuí-la agora, justo agora. Não havia nada mais, havia apenas a necessidade. Disse a si mesmo que ela tinha dito não, que ela o tinha afastado. Por um breve instante não era ele mesmo que estava sendo afastado, era Haney Kenrick, e ela estava sacudindo a cabeça e dizendo não, não. Mas, então, novamente era Cassidy. Ela estava dizendo não para Cassidy.

– Para o inferno, você diz – ele grunhiu levantando da cama e avançando para ela. Ela o deixou chegar perto e então atacou-o com as unhas. Ele não as sentiu. Ela jogou o cigarro aceso contra seu peito nu e ele não o sentiu. Ela o arranhou novamente, estava soqueando e chutando, mas ele não sentia nada disso, estava erguendo-a do chão, levantando-a alto. Jogou-a esparramada na cama. Ela tentou se levantar e ele a empurrou para baixo. Ela tentou levantar-se de novo e ele pôs a mão no rosto dela e empurrou-a para baixo. Ela tentou morder sua mão e ele a afastou do rosto dela e então suas mãos estavam sobre seus pulsos. Ela lutou e lutou, mas os joelhos dele premiam forte contra suas coxas. Ela gritou e seus gritos se chocaram com o rugido da tormenta e o impetuoso barulho da chuva. Então tudo era um só som. Uma trovoada raivosa.

Capítulo 14

Cassidy afundou o rosto no travesseiro. Ouviu a voz novamente e então sentiu a mão em seu ombro. Ele sabia que estava sendo roubado do sono de que tanto precisava. Dormira por muitas horas, mas ainda não era o suficiente e ele estava se roendo por mais sono. Lembrava um tanto obscuramente do que tinha acontecido com Mildred e sabia que era por isso que ele precisava de todo esse sono. Disse a si mesmo que deveria dormir por doze ou quatorze horas.

— Vamos, levante-se — Pauline disse. — Eu lhe trouxe alguma coisa para comer.

Ele manteve os olhos fechados.

— Que horas são?

— Mais ou menos dez e meia — ela puxou seu ombro com força. — São dez e meia da noite e é hora de você pôr um pouco de comida no estômago.

Ele abriu os olhos e sentou-se. Piscou e arreganhou os dentes confusamente para Pauline. Então olhou além dela e viu a bandeja sobre a mesa. Começou a sair da cama e lembrou-se que não tinha nada por cima.

— Onde estão todas as minhas roupas?

— Ali está sua camisa, sobre uma cadeira. Sua cueca está no chão.

— Escute — ele disse. — Quero o resto de minhas roupas. Quero minhas calças e meus sapatos.

— Estão lá embaixo.

– Apanhe-as.

Ela tocou seus dedos nos lábios num rápido gesto preocupado:

– Shealy disse que, se tivesse todas as roupas, você se vestiria e sairia. E não deve sair. Shealy disse que você tem de ficar aqui. E Spann disse...

– O que há, Pauline? Está com medo de Spann?

Sua atitude mudou. Ela jogou sua cabeça arrogantemente para trás.

– Você saiba bem disso. Se Spann começar qualquer coisa comigo eu o jogarei no chão e o chutarei.

– Bom – ele disse. – Isso é legal. Agora me traga as roupas.

Ela fez um movimento na direção da porta e então parou e olhou para ele e disse:

– Vou esconder as roupas debaixo de um cobertor. Direi a eles que você disse que ficou frio aqui e queria outro cobertor.

Cassidy não respondeu. Esperou até que ela saísse e então escorregou para dentro da cueca e pôs a camisa. Foi até a mesa para ver o que havia na bandeja. Havia uma tigela de guisado de carneiro e um pouco de pão e manteiga. O guisado parecia bom e um monte de vapor se desprendia dele. Compreendeu que estava muito faminto e que aquela parecia ser uma tigela de guisado muito boa. Havia bastante carne nela e o molho estava engrossado com vegetais. Disse a si mesmo para sentar-se e saborear o guisado. Mais tarde pensaria na situação e planejaria a fuga. Mas ele faria isso mais tarde e exatamente agora o grande negócio era aquela tigela de guisado de carneiro.

Sentou-se à mesa e começou a comer. Disse a si mesmo que era um guisado maravilhoso. A única comida que Lundy servia lá embaixo era guisado de carneiro, bife de carneiro ou pés de porco à escabeche, que vinha em potes. Algumas vezes, Lundy saía num barco aos domingos e então, às segundas, oferecia caranguejos por dez centavos a porção e elas se iam rapidamente. Mas isso era no verão, quando era época de caranguejos. No último verão, Lundy o convidara para ir no barco, e agora era um tanto agradável lembrar daquele domingo quando ele, Shealy, Spann e Lundy estavam no tombadilho procurando caranguejos. Eles tinham as cabeças de peixes para atraí-los e então, quando eles se tornavam vorazes e realmente vinham para as cabeças de peixe, eles os recolhiam com redes de mão. Aquele tinha sido mesmo um domingo legal. Naquela noite eles voltaram ao Lundy's Place e comeram cada maldito caranguejo e, entre os quatro, devem ter dado cabo de quinze ou vinte litros de cerveja. Então Lundy realmente perdeu o domínio de si próprio e distribuiu charutos. Todos se recostaram nas cadeiras com os charutos, as barrigas cheias de carne de caranguejo e cerveja, fumaram e falaram de pescaria. Aquele tinha sido realmente um bom domingo.

Não havia muitos bons domingos para lembrar. Alguns poucos domingos meio decentes quando ele ia para o parque e observava as crianças brincando. Sentava-se sozinho num banco, as crianças brincavam e ele comprava algum doce e distribuía. Mais cedo ou mais tarde, elas viriam para uma conversa e lhe contariam sobre elas, as mães, os pais, irmãos e irmãs. Eram crianças de quatro, cinco, seis anos, que faziam parte de famílias muito grandes e pobres, e a maior parte do tempo elas ficavam no parque, desacompanhadas, exceto por algum irmão ou irmã mais velhos que sentavam lendo uma revista em quadrinhos e sem prestar nenhuma atenção a elas. Era agradável conversar com as crianças, mas depois de um pouco tornava-se um tanto difícil, porque ele ficava pensando que não tinha nenhuma criança sua e este era uma espécie de sentimento vago e funesto. Ao mesmo tempo, era uma coisa danada de boa que ele e Mildred não tivessem nenhuma criança. Ele estava sempre dizendo a Mildred que era melhor ela tomar cuidado especial para não ficar grávida, e ela sempre lhe dizia que ele não devia se preocupar com isso, ela certamente não queria ser perturbada por fedelhos.

Era por isso que a maioria dos domingos tinham sido sinceramente miseráveis. Aquele tipo de conversa. Aquele tipo de atmosfera. Era sempre daquela maneira depois que eles estavam fora da cama e se vestindo. Quando estavam circulando pelas pequenas salas do apartamento e se cruzando pelo caminho. E ainda pensava nisso...

Não, disse a si mesmo. Não ia pensar nisso. Não ia pensar em qualquer coisa até que tivesse acabado esta tigela de guisado de carneiro e o pão com manteiga. Certamente, quando tivesse acabado a refeição, não iria se martirizar pensando no passado. A coisa a ser feita era armar um plano para cair fora dali naquela noite, sair da cidade antes de amanhecer. E com Doris. Sim, dane-se, com Doris. Ele imaginou por que tinha de enfatizar isso para si próprio. Deveria vir facilmente, como dizer que ele e Doris estariam deixando a cidade naquela noite. Bem assim, automaticamente.

A porta abriu-se e Pauline entrou carregando um cobertor dobrado. Quando ela se aproximou da mesa estava desdobrando o cobertor e ele viu suas calças e sapatos. Parou de comer apenas o suficiente para se vestir e viu Pauline sentando-se à frente e olhando-o preocupadamente.

Ele mergulhou a colher no guisado, deu uma grande

colherada, encheu a boca de pão e arqueou as sobrancelhas para Pauline.

Ele engoliu o guisado, o pão e disse:
— O que a está aborrecendo?
— Suas roupas. Não acho que deveria ter feito isso.

Ele voltou ao guisado. Apanhou uma colherada final, usou o último pedaço de pão para raspar a tigela, engoliu-o e tomou um gole d'água. Acendeu um cigarro, deu um para Pauline e acendeu-o para ela.

— Agora, olhe — disse ele. — Tudo que você está fazendo é me ajudar.
— Mas Shealy disse...
— Para o diabo com o que Shealy disse. Olhe o jeito que Shealy bagunçou as coisas. Porque, não fosse por Shealy, eu estaria em boa situação.
— Sei disso.
— Bem?
— Bem — ela disse —, ao mesmo tempo, talvez, seja bom olhar para isso por mais de um ângulo...
— Esta não é você falando — ele atalhou. — Este é Shealy. Este é o tipo do conselho que não quero e de que não preciso.
— Mas, querido...
— Mas, nada.
— Olhe, querido. Eles estão tentando armar alguma coisa lá fora. Eles o estão mantendo aqui para seu próprio bem.
— Ninguém vai me manter em lugar algum. — Ele se levantou. Não gostou da maneira como ela o estava olhando, da maneira como ela estava, lentamente, sacudindo a cabeça.

Afastou-se da mesa e escutou o ruído do exterior. Era a lenta persistência da chuva, o firme gotejar que ele sabia que iria continuar toda a noite e provavelmente todo o dia seguinte.

Olhou morosamente para a janela.

— Esta tarde eu lhe pedi para fazer algo para mim. Você disse que faria.

Ele esperou por uma resposta.

Então ele disse:

— Eu a enviei para procurar Doris.

Novamente ele esperou.

Ele se virou e olhou para Pauline.

— Então? O que aconteceu? Você a encontrou?

— Claro.

— O que você quer dizer com claro? Por que você não a trouxe para cá?

— Eu trouxe — Pauline disse.

Ele levou a mão ao rosto. Pressionou os dedos firmemente contra a têmpora.

Pauline encolheu o canto da boca:

— Devo descrever a cena para você?

— Não — ele disse. — Posso ver a cena.

Ele podia ver a porta se abrindo e Pauline e Doris entrando no quarto. E Doris parando ali no umbral, olhando para Mildred e ele dormindo juntos na cama.

— Não se sinta mal por isso — Pauline disse. — Doris não se importou.

Ele deu um passo atrás.

— O que você quer dizer, ela não se importou?

— Ela estava podre de bêbada. Estava a cinco milhas de altura.

Daí, então, ele podia ver Pauline tomando Doris pelo braço, recuando para fora do quarto e silenciosamente fechando a porta. Podia ver o catre com Mildred e ele dormindo juntos e, então, depois de um pouco, Mildred despertando, vestindo-se e saindo. Imaginou como ela tinha força para se erguer. Ele, evidentemente, tinha permitido isso a ela. Ele era bem homem. Tinha olhado para um par de seios nus e dito a si mesmo que precisava provar que era um homem. Esteve tão desgraçadamente interessado em provar que era um homem que se esquecera completamente de Doris.

– Você sabe o que sou? – ele murmurou. – Sou um artista fracassado. Construí isso, então cortei a corda e deixei cair.

– Querido...
– Deixei tudo cair.
– Escute, querido...
– Eu não presto.
– Sente-se um minuto. Me escute...
– Para quê? Sou apenas um maldito imprestável. Sou um vagabundo. Sou um vagabundo bêbado, um vagabundo trôpego, todo tipo de vagabundo. E não é só isso que sou. Sou um hipócrita barato, baixo nível.

Pauline tinha a garrafa na mão e estava servindo a bebida.

– Você precisa de alguma coisa para levantá-lo.
– Preciso de alguma coisa para me derrubar e me esmagar os miolos.

Ele bebeu e ela serviu-lhe outra dose. Ele bebeu aquela.

– Sou um hipócrita – ele disse. – E deixe-me dizer-lhe algo. Não há nada mais baixo que um hipócrita.
– Você precisa de outra bebida. Aqui, pegue a garrafa.
– Me dê essa maldita garrafa. – Ele empinou a garrafa e tomou um gole muito grande. Devolveu-a para a mesa. – Agora, deixe-me dizer-lhe por que eu sou um hipócrita...
– Mas você não é, não é, você não devia dizer isso.
– Eu direi porque sei que é verdade. Sou simplesmente um verme baixo. E aqui está algo mais. Você sabe

por que estou sendo chutado? Porque mereço isso. Estou tendo exatamente o que mereço.

Ele tinha a garrafa novamente. Tomou um grande gole e então segurou-a no alto e olhou para ela.

– Olá – ele disse.

Pauline levantou-se:

– Agora, pelo amor de Deus – ela disse. – Não enlouqueça.

– Não quero. – Ele tomou outro gole. – Talvez fosse melhor me desligar, se pudesse. Porque então eu não saberia. Pelo menos fica mais fácil quando a gente não sabe. Quando se está a milhas e milhas de distância de si mesmo.

– Vá em frente – ela instou delicadamente. – Tome outro trago.

– Para ficar bêbado? Como poderia ficar bêbado? Do jeito que me sinto esta noite, poderia beber um tonel disso e não ficar bêbado.

– Então tire outra pestana – ela disse. – Vá lá, caia na cama e volte a dormir. Isso fará bem para você.

Ele ergueu a garrafa mais uma vez. Desta vez continuou bebendo até que a esvaziou.

– Tem sabor de nada mesmo – ele disse. – Eu nem sequer posso saboreá-la.

– Vá lá, querido. Veja se pode dormir. – Ela o estava empurrando gentilmente na direção da cama.

Ele caiu nela de costas. Pauline levantou suas pernas e pôs seus pés sobre a cama.

– Feche os olhos – disse ela. – Tire uma longa e boa pestana. – Ele fechou os olhos. – Aviação – ele resmungou.

– O quê? O que, querido?

– Aviação. Eu era da aviação.

– Claro. Que legal. – Ela estava recuando pelo quarto na direção da porta. – Agora, vá dormir. – Ela esticou-se e apagou a luz.

– Aviador. Capitão. Piloto capitão, piloto chefe. Capitão motorista. Faça a viagem com o capitão Cassidy e nós lhe damos garantia. Nós lhe damos a garantia de que você não vai voltar vivo. Todos nós estamos orgulhosos do capitão J. Cassidy. Ele é o homem ao volante. Aqui está ele, o bastardo, é ele...

Pauline estava na porta. Abriu-a e saiu. A porta fechou-se lenta e calmamente.

– É ele – Cassidy resmungou. – Eu o vejo. Seu nome é Jim Cassidy e está tentando fugir, mas não vai cair fora. Eu o vejo agora.

Sua cabeça pousou no travesseiro. Ele resmungou algumas vezes. Então mergulhou vertiginosamente no sono.

E enquanto mergulhava, seus lábios se mexiam:

– Ei, escute. Escute, Mildred. Quero lhe dizer algo. Não, nada como aquilo. Nada podre. Quero lhe dizer alguma coisa boa. É sobre você. Eu digo que você está no nível. Agora isso é um elogio, está ouvindo? Vindo de mim, é um autêntico elogio. Você está no nível...

Ele gemeu novamente.

– O que eu tenho de fazer é pensar sobre isso. Sobre você, Mildred. Tenho de pensar em você. Talvez eu tenha imaginado você totalmente errado. Não sei. Tenho de pensar nisso. Tenho...

Mas então ele acordou.

Perto das três da manhã ele fora súbita e asperamente despertado pela explosão de uma estrondosa gargalhada. Vinha diretamente de baixo, da sala dos fundos, onde os clientes especiais de Lundy passavam suas horas tardias bebendo.

A gargalhada atingiu um tom elevado. Eram muitas vozes rindo. Cassidy sentou-se na escuridão, escutou-as, saltou da cama e inclinou a cabeça na direção do chão para ouvir mais claramente. As vozes risonhas estavam se apagando uma por uma até que houvesse apenas duas vozes risonhas.

Reconheceu as vozes risonhas. Disse a si mesmo que estava bem desperto e que não estava imaginando coisa alguma. Eles estavam lá embaixo, juntos, Haney Kenrick e Mildred. Eles estavam sentados à mesa juntos e passando uma hora legal. Seus gritos e guinchos de gargalhadas tornaram-se uma tenaz ardente que queimava dentro do cérebro de Cassidy.

Capítulo 15

Imediatamente ele quis violência. Quis abrir a porta, precipitar-se escada abaixo e esmagar as risadas gargantas abaixo. Sua mão ergueu-se, encontrou o fio que ligava a luz e ele deu alguns passos em direção à porta. Então lhe ocorreu que eles não valiam a confusão. Certamente, eles não valiam o risco de ter a polícia chegando, então as algemas, e depois disso as barras da cela. Começou a focalizar o lado prático da questão e sabia que envolvia dez ou vinte, talvez mesmo trinta anos na prisão.

A risada ainda estava subindo pelas escadas, mas agora ele não a ouvia. Estava indo para a janela. Abriu-a muito lentamente e viu que tinha parado de chover. O ar estava morno e úmido. Ele se debruçou para fora e viu o telhado oblíquo apenas alguns centímetros abaixo da janela. Não era nenhum problema ele descer até o telhado e então abrir seu caminho até a borda, pendurar-se ali por um momento e saltar para o beco atrás do Lundy's Place.

Enquanto descia no beco, a estrondosa gargalhada soou muito próxima. Virou-se e encarou a janela do salão. Ela estava parcialmente aberta e ele ficou ali escutando-os e olhando.

Disse a si mesmo que não havia nada para ouvir nem para ver. Se usasse a cabeça, deveria fugir dessa vizinhança e fazê-lo rápido. Seguiria na direção dos pátios de carga. Ou talvez corresse para as docas, mergulhasse e atravessasse a nado para Camden. Então continuar a partir dali. Ir para qualquer lugar. Mas não deveria circular por ali. Esta área era veneno e os rostos de seus amigos no Lundy's Place eram os rostos de risonhos idiotas. Seus queridos e devotados amigos eram uma mórbida coleção num elevador descendo lentamente.

Eles sorriam para ele, acenavam e ele ouvia a decadência em suas vozes rachadas de bebida. Começou a se afastar da janela.

Mas, de alguma maneira, não podia continuar e voltou para a janela e olhou para dentro. Viu-os lá na sala cheia de fumaça. Estavam ali em suas mesas, alguns deles recostados nas paredes e um deles adormecido no chão. Por trás da nebulosa cortina da fumaça de cigarro e vapores de bebida seus rostos eram cinza e parecia não haver nenhuma luz vindo de seus olhos.

E Cassidy entendeu que o riso tinha se apagado, que o silêncio na sala era um silêncio pesado. Distante em sua mente, podia ouvir o eco dos risos que ouvira a apenas alguns momentos atrás e, então, o eco se desvaneceu também. Ficou à janela e olhou e viu Pauline e Spann se fitando, e Pauline apanhando um cigarro da cigarreira de Spann. Viu Shealy e Doris erguendo os copos e oferecendo um brinde calmo e inexpressivo a ninguém. Viu Mildred com os braços estendidos na mesa, as mãos espalmadas, as pontas dos dedos batucando suavemente, enquanto Haney Kenrick sentava-se observando-a, arqueando as sobrancelhas e mascando um charuto apagado.

Agora ele focalizava Haney e ouviu-o dizendo:

– O que está acontecendo aqui? O que é essa frieza toda de repente?

Ninguém disse nada.

– O que aconteceu à festa? – Haney queria saber. – Nós não estamos tendo uma festa?

Mildred concordou.

– Claro – ela disse. – Nós só precisamos de uma nova rodada, isto é tudo.

Haney bateu as mãos estrepitosamente.

– Certamente que sim – ele gritou. – Uma nova rodada para a casa.

Mildred olhou para Lundy.

– Ouviu o que o homem disse? Bebida para todos.

Haney sorriu de modo incerto. Correu o olhar pela sala, contando os rostos. Havia vinte rostos esquisitos na sala e Haney segurou a manga de Lundy e disse:

– Agora, espere...

– Espere nada – Mildred disse. – A casa bebe e isso é por conta de Haney. – Ela levantou-se e todos na sala estavam olhando para ela. – Eu pedirei pela casa. Nós todos vamos beber uísque, Lundy. Uma garrafa para cada mesa.

– Bem, agora, veja – Haney disse. – Pelo amor de Deus...

Cassidy observava isso acontecendo. Viu Lundy circulando com mais velocidade e energia que o usual. Então havia uma garrafa nova em cada mesa e Mildred estava ainda levantada e olhando para ela. Haney Kenrick olhava para ela. Lundy grudou no ombro de Haney, este apanhou um maço de notas e pagou pelas bebidas, os olhos indo do rosto de Mildred para o dinheiro e então de volta ao rosto de Mildred.

Então Mildred ergueu a garrafa, levantando-a lentamente, e esta ficou de cabeça para baixo, deixando o uísque verter e se esparramar pelo assoalho.

– O que você está fazendo? – Haney perguntou. Então ele saltou, porque em todas as outras mesas estavam segurando as garrafas de cabeça para baixo e o uísque estava sendo vertido sobre o assoalho.

— O que é isso? — Haney gritou.

Eles seguraram as garrafas viradas até que todo o uísque escorreu. O único freguês que não estava participando era Doris. Ela não entendeu o que estava acontecendo e sua boca estava parcialmente aberta, a observar Shealy sacudindo a garrafa para ter certeza que a última gota de uísque cairia no assoalho.

O rosto de Haney estava lustroso e vermelho.

— Agora, olhem — ele disse. — Nós todos estivemos nos divertindo esta noite e gosto de uma boa diversão, como qualquer um. Mas isso já foi longe demais. Esta não é minha idéia de uma piada.

Mildred virou-se lentamente até ficar encarando.

— Esta é minha idéia.

Haney engoliu em seco. Abriu a boca para dizer alguma coisa, fechou-a firmemente e engoliu outra vez. Finalmente disse:

— Eu acho que sou um estúpido ou alguma coisa...

— Você? — Mildred murmurou. Ela sacudiu sua cabeça. — Não você. Você não é estúpido. Você é um planejador muito esperto.

Haney pôs o charuto na boca, tirou-o e colocou-o de volta outra vez.

Mildred disse:

— É por isso que tem dinheiro. É por isso que usa boas roupas. Porque você tem isso aqui — e batucou no lado da cabeça. — Você é muito mais esperto do que nós. Você é muito melhor do que nós. É uma segurança para você, não é?

Haney apanhou o charuto e arrancou-o da boca.

— O que é uma segurança?

— Acabar com alguma coisa.

— Com quem? Com você? — Mas sua cabeça estava se virando. Ele estava olhando um a um.

Mildred disse:

– Olhe para mim, Haney.

Haney enfiou o charuto na boca. Olhou para Mildred. Mordeu muito forte o charuto, como se estivesse tentando se fortalecer.

– Tudo bem – disse ele –, estou olhando para você. Pareço preocupado?

– Não – Mildred disse. – Você não parece preocupado. Você parece rigidamente assustado.

– Assustado com o quê?

– Você vai nos contar – Mildred disse.

Haney sentou-se. Tateou no bolso da jaqueta e apanhou alguns fósforos soltos. Escolheu um, riscou-o na sola do sapato e começou a acender o charuto. A sala ficou mortalmente calma enquanto ele acendia o charuto. Ele tragou violentamente e então levantou-se e partiu na direção da porta que dava para a outra sala.

Nas mesas, todos estavam calmos e não se mexeram. Haney girava a cabeça em pequenos movimentos lancinantes enquanto se aproximava da porta. Girou a maçaneta, começou a abrir a porta e compreendeu que ninguém o impediria de sair. Agora ele estava respirando forte e seu rosto estava mudando do vermelho para o arroxeado. O suor lhe pingava do queixo. Os lábios estavam tremendo, não conseguiam segurar o charuto e ele teve de segurá-lo com a mão. De uma só vez soltou uma torrente de pragas estrepitosas, bateu a porta e afastou-se.

– Vocês pensam que eu estou assustado? – Ele colocou a questão para todos eles. – Quando um homem está assustado, ele foge. Estão me vendo fugir? – Ele andava pela sala, caminhando de mesa em mesa. – Não estou fugindo de ninguém. Posso olhar para todos e para cada um de vocês. Posso olhá-los direto nos olhos. Posso dizer a vocês que tenho a consciência limpa.

Haney estava na mesa de Spann quando ele disse isso e Spann fitou meditativamente o centro da mesa.

Parecia que todos estavam comprimindo Haney, embora nenhum deles tivesse se mexido. Ele recuou da mesa de Spann até o centro da sala.

— Agora, escutem — disse ele. — Escutem cuidadosamente o que tenho para dizer. Se não tivesse a consciência limpa, eu teria vindo aqui esta noite?

Mildred deixou sua mesa e foi na direção de Haney.

— Você veio aqui para nos vender uma lista de utilidades — disse ela.

— Vender? — Haney arregalou os olhos. — O que você quer dizer com vender? Fiquei toda a noite sentado aqui contando piadas.

— E nos fazendo rir — Mildred disse. — Dando-nos uma boa diversão. Como se fôssemos uma sala cheia de animais débeis mentais. Como se não tivéssemos nenhum cérebro, nenhum sentimento.

Ela chegou mais perto de Haney e ele começou a se afastar dela.

— Você cometeu um grande erro. Você nos considerou pessoas muito baratas — disse ela.

Então seu braço era uma clava, a mão um punho batendo-lhe em cheio na boca. Ela o atingiu novamente e ele se curvou muito baixo e soltou um grito. Mildred levantou o braço para atingi-lo novamente. Viu Shealy sacudindo a cabeça como que lhe dando uma espécie de aviso. Cassidy viu isso da janela e então pareceu que Mildred aceitou a advertência de Shealy. Afastou-se de Haney e voltou para a mesa.

Sentou-se, acendeu um cigarro e recostou-se para saboreá-lo. Ela estava se comportando como se nada tivesse acontecido. Haney deu uma longa, triturante e muito profunda respirada. Foi na direção de Mildred, os braços abertos numa espécie de gesto de defesa. Mas, então, alguma coisa ocorreu a Haney e ele rodopiou e foi para a mesa onde Shealy estava com Doris. Justo naquele momento Lundy estava passando próximo e, de alguma forma ficou no caminho de Haney. Houve uma leve colisão.

Haney agarrou Lundy e jogou-o para um lado. Lundy caiu contra uma mesa, tropeçou e desabou. Ganiu como um pequeno animal e sentou-se no chão, e então seu ganido foi submerso pelos densos bramidos que vieram das outras mesas.

Cassidy viu os homens se levantando lentamente das mesas. Viu Spann sorrindo suavemente para a longa lâmina que saltitava para dentro e para fora do cabo como a língua de um tamanduá. Viu Haney virando-se para encarar os homens e o terror explícito em seus olhos.

Então Cassidy viu Shealy sinalizando aos homens para se sentarem. No mesmo instante, Haney disparou um olhar para Shealy, viu o gesto e agora o terror se fora, dando lugar a uma careta beiçuda de arrogante desafio. Haney foi para mais perto de Shealy e disse:

– Não me faça nenhum favor. Se eles querem me atacar, deixe-os tentar isso. Não existe nenhum homem aqui que eu não possa dar conta. – Ele ouviu a si mesmo soando bravo e isso lhe soava muito bem. Olhou para todos os homens e disse: – Se qualquer um quer tentar, aqui estou eu. Não estou me movendo.

– Acalme-se – Shealy disse. – Esta coisa pode ser resolvida calmamente.

Haney arqueou as sobrancelhas. Lançou perguntas sem som para Shealy, e Shealy as respondia também sem som. Cassidy os observou enquanto mantinham a silenciosa conversação. Esta prosseguiu e gradualmente os olhos de Cassidy se moveram da mesa até que não estava mais olhando para Haney e Shealy. Olhava para Doris e via a maneira como ela segurava o copo vazio na mão. Todos os demais na sala observavam Haney, mas Doris olhava para o copo vazio e esperava que alguém o enchesse. O único contato entre Doris e o mundo era o copo. Este fato, junto com vários outros, ficaram muito claros para Cassidy enquanto estava ali no beco e olhava pela janela.

O momento da compreensão era quase tangível, como uma página contendo palavras da verdade. Agora conseguia entender a completa futilidade de sua tentativa de salvar Doris. Não havia nenhuma possibilidade de salvação. Ela não queria ser salva. Seus esforços para arrancá-la da bebida se basearam numa premissa falsa e seu motivo, agora que podia ver objetivamente, tinha sido mais egoísta do que nobre. Sua piedade por Doris fora reflexo da piedade que ele sentia por si mesmo. Sua necessidade de Doris tinha sido a necessidade de encontrar alguma coisa digna e galante dentro de si mesmo.

Ele sabia agora que apontara seu sentimento na direção errada. Quase chegara a dar a Doris um tratamento duro. Ela era o que era e nunca seria qualquer coisa mais. Estava perfeita e permanentemente casada com sua amante, a garrafa.

O momento findou e, para Cassidy, este significava o apagamento de Doris. A próxima coisa em sua mente era o início de uma nova descoberta, mas antes que pudesse se concentrar nisso, sua atenção foi atraída para Haney Kenrick.

Viu Haney se afastando da mesa e movendo-se de uma maneira completamente confiante, um tanto pomposa, para o centro da sala.

Mas agora a sala estava como um tribunal e havia

alguma coisa de cerimonioso na maneira de Shealy se levantar, esticar-se e apontar o dedo para Haney.

– Você mentiu para a policia. Você não pode mentir para nós – disse ele.

Haney foi sacudido. Não podia mover-se. Com as costas para Shealy, disse: – Não sei o que você quer dizer.

– Esta é outra mentira.

O charuto estava comprimido entre os dentes de Haney. Ele o mascava fortemente. Reuniu um pouco mais de força e arrogância e disse:

– O que o faz me chamar de mentiroso?

Mildred estava se levantando novamente:

– Nós sabemos a verdade.

– Sim? – Haney escarneceu. – Conte-me a respeito dela.

Os punhos de Mildred estavam fechados novamente e ela deu um passo na direção de Haney. Mas dessa vez ela conseguiu se conter e disse:

– Há um telefone bem ali – e apontou o telefone na parede da sala. Você o está vendo, Haney?

Haney olhou para o telefone. Então olhou para Mildred. E novamente olhou para o telefone.

– Eis o que nós queremos que você faça – Mildred disse. – Queremos que você vá até o telefone. Ponha uma moeda.

Enquanto ela falava, recuava lentamente para a mesa onde Pauline estava com Spann.

Ela disse:

– Ponha uma moeda e chame a polícia.

– O quê? – Haney murmurou. Ele ainda estava olhando para o telefone. – O que é isso?

– A polícia – Mildred disse. Agora ela parou em frente a Spann. Seu braço direito estava para trás, de forma que Haney não podia ver o que ela estava fazendo.

Cassidy olhou, viu os dedos dela movendo-se para cima e para baixo, e compreendeu o que ela estava fazendo. Ela dizia silenciosamente a Spann que lhe desse a faca.

E então Spann escorregou o canivete para a palma de sua mão e seus dedos fecharam-se no cabo.

– Chame a polícia – Mildred disse para Haney –, e lhes conte a verdade.

Haney olhou para ela e sorriu. Era um sorriso estranhamente torcido e havia um brilho estranho nos olhos dele. – Você fala como se estivesse me implorando.

– Tudo bem – Mildred disse. – Estou lhe implorando para fazer isso.

– Esta não é a maneira que eu imploro. – Haney estava respirando forte por entre os dentes. – Você sabe minha maneira de implorar – Ele estava respirando muito forte e emitiu um som sibilante. Olhava para Mildred como se estivesse sozinho na sala com ela. – Quando eu imploro, fico de joelhos. Lembra-se, Mildred? Lembra-se como eu fiquei de joelhos?

Cassidy viu como Mildred sopesava a faca para ter a sensação desta enquanto a segurava atrás das costas. Ele se agarrou nos marcos da janela e disse a si mesmo que deveria ir lá dentro e tomar a faca de Mildred.

– Vamos ver você fazer isso – Haney disse. – Vamos ver você cair de joelhos e implorar para mim. – Ele soltou uma gargalhada borbulhante. – Caia de joelhos...

– Eu cairia – Mildred disse –, se achasse que isso ia adiantar.

Haney retorceu o riso e apagou-o:

– Nada adiantará. – Deu um passo na direção dela. – Agora finalmente está bom. Estou realmente lhe dando uma lição. Não estou? – Justo então ele perdeu levemente o equilíbrio e sua voz elevou-se muito alta. –

Agora você vai ser bem e adequadamente castigada e realmente estou cravando você.

Outra risada veio rolando dos lábios de Haney, mas então ele se engasgou quando Mildred pôs o braço para a frente e lhe mostrou a faca com a lâmina apontada para seu estômago.

– Eu quero lhe dizer isso – Mildred disse. – Você foi e pôs meu homem na enrascada. Agora você vai tirá-lo dela ou eu o mato.

Haney Kenrick permaneceu imóvel e viu Mildred se aproximando com a faca. Por um instante, ele se transformou num pedaço congelado de pavor, mas subitamente estremeceu, reacendeu-se e sentiu uma raiva cega. O resultado disso tudo era demais. Era demais que Cassidy fosse tudo na vida de Mildred e Haney Kenrick fosse apenas um grande monte de banha, um desamparado alvo para a faca.

A raiva inflamou-se abertamente e Haney fez uma tentativa insana. Atirou-se em cima de Mildred, os braços estendidos para baixo. Sua mão fechou-se sobre o pulso dela, torceu forte e a faca caiu no chão. A outra mão de Haney era um punho e ele a jogou sobre seu ombro. Disse a si mesmo que ia amassar o rosto dela. Ia liquidar o rosto vistoso que tinha venerado. Por um momento, saboreou o prazer de visualizar seu rosto destruído.

Naquele momento Cassidy entrou rachando pela janela aberta, saltou, atacando e martelando ambas as mãos na cabeça de Haney. Haney cambaleou e Cassidy atingiu-o novamente, atirando-o ao chão, ergueu-o e o derrubou novamente. Haney tentou ficar caído e Cassidy pôs os braços ao redor de sua garganta, levantou-o daquele jeito e arrastou-o pela sala na direção do telefone.

Shealy já estava ao telefone, tinha inserido uma moeda e dizia à telefonista para contatar a polícia.

– Não – Haney gargarejou.

– Não? – Cassidy apertou a pressão sobre a garganta de Haney.

Haney gargarejou novamente e tratou de dizer:

– Tudo bem. – Então Haney foi para o telefone. No outro extremo da linha um sargento lhe dizia para falar mais claramente. Era muito difícil para Haney falar claramente. Estava gaguejando e soluçando.

Todos tinham deixado suas mesas e agora se amontoavam em torno de Haney; quando parecia que ele não ia conseguir ficar de pé, eles obsequiosamente o seguravam direito ao telefone. Quando Haney começou a clarear sua pronúncia ao telefone, Cassidy apartou-se do grupo na parede e olhou para Mildred.

Ele a viu sentada sozinha numa mesa próxima à janela dos fundos.

Tinha um braço atirado nas costas da cadeira e estava apenas sentada e relaxando. Cassidy pegou a cadeira no outro lado da mesa.

– Onde você está parando? – ele perguntou. Não estava olhando para ela.

Mildred deu de ombros.

– Voltei para o apartamento. – Ela estava brincando com um palito de fósforo queimado, usando a ponta enegrecida para traçar alguma espécie de desenho na mesa. – Lamento ter jogado suas roupas no rio – disse ela.

Ele não estava olhando para ela. Alguma coisa grande e opressiva bloqueava sua garganta. Ele baixou a cabeça para o lado e mordeu o lábio fortemente.

– Qual é o problema? – perguntou ela. – Ei, Cassidy, olhe para mim. O que é que há?

– Está tudo bem. – Ele engoliu a melancolia, mas ainda não era capaz de olhar para ela. – Vou ficar bem num minuto. Então lhe contarei o que há.

Sobre o Autor

David Goodis nasceu em 2 de março de 1917, na Filadélfia. Seu primeiro romance, *Retreat from Oblivion*, foi publicado em 1938, quando tinha apenas 21 anos. Ele ganhou certa notoriedade em 1946, com a publicação de *Dark passage*, que foi levado às telas de cinema sob o mesmo nome (o filme foi lançado no Brasil como *Prisioneiro do passado*), estrelado por Humphrey Bogart e Lauren Bacall. Trabalhou como roteirista para a Warner Brothers, como era comum entre escritores da época. O interlúdio com o mundo do cinema não teve muito êxito e ele voltou à cidade natal em 1950, para morar com os pais e continuar escrevendo romances em um ritmo frenético. *Cassidy's girl* (*A garota de Cassidy*) foi publicado em 1951, *Of tender sin* e *Street of the lost*, em 1952, *The burglar* e *Moon in the gutter* (*Lua na sarjeta*, Brasiliense, 1984; L&PM Editores, 2005), em 1953, *Street of no return*, *Black friday* (*Sexta-feira negra*, L&PM Editores, 1989) e *Blonde on the street corner*, em 1954, e *The wounded and the slain*, em 1955.

Em 1956, publicou aquela que se tornaria a sua mais famosa obra, *Down there*. Em 1960, o livro viraria filme nas mãos do cineasta francês François Truffaut, que escalou o então jovem Charles Aznavour para o papel do surpreendente pianista de bar. O filme foi batizado como *Tirez sur le pianiste* (*Atire no pianista*), daí o nome com o qual o livro foi publicado no Brasil (Abril Cultural, 1984). Os livros de David Goodis, mais *noir* do que propriamente policiais, abordando existências sórdidas, marginalizadas e deprimentes, fizeram sucesso primeiro na Europa, ao passo que nos Estados Unidos foram eclipsados por Dashiell Hammett, Raymond Chandler e James Cain. Estes eram bem mais velhos que Goodis e já tinham conquistado a crítica e o público durante as décadas de 40 e 50. David Goodis morreu desconhecido – considerando-se o reconhecimento que sua obra obteve posteriormente –, em 7 de janeiro de 1967, aos cinqüenta anos de idade.

Seus outros livros são *Nightfall* (1947), *Behold this woman* (1947), *Of missing persons* (1950), *Night squad* (1961), *Somebody's done for* (1967) e *Fire in the flesh* (1957). No total, Goodis escreveu dezessete romances, além de contos, roteiros para cinema e para novelas de rádio. Mais de dez filmes foram realizados a partir de livros seus.